AF198684

Leben in Weimar
Jens Korbus

Bibliografische Information der Deutschen Nationalbibliothek:
Die Deutsche Nationalbibliothek verzeichnet diese
Publikation in der Deutschen Nationalbibliografie;
detaillierte bibliografische Daten sind im Internet über
http://dnb.dnb.de abrufbar.

2. Auflage 2018

© 2017 Jens Korbus, 56072 Koblenz

Covergemälde: Goethe, Friedrich Bruckmann (1814–
1898) aus dem Open Content Program, The J. Paul Getty
Museum
Cover und Layout: Manuela Wirtz, www.manuwirtz.de

Herstellung und Verlag: BoD – Books on Demand,
Norderstedt

ISBN: 9783746060293

Leben in *Weimar*

Jens Korbus

Erzählung

Na, Sie hätten mal in Weimar leben sollen.

ARNO SCHMIDT

Prolog

Im Jahr 1646 entdeckte der französische Denker, Physiker und Philosoph Blaise Pascal das Prinzip der kommunizierenden Röhren. In untereinander verbundenen offenen Gefäßen, gleich welcher Form, steht eine Flüssigkeit gleich hoch, weil die Schwerkraft und der Luftdruck konstant sind.

Dieses Prinzip wird in praktisch allen Lebensbereichen als Metapher verwendet. Es eignet sich auch gut, um darzustellen, wie der Kommunikationsausgleich zwischen Goethe und seinen Bekannten und Zuarbeitern gewirkt hat.

Der Auftrag und ein toter Mönch

Am 27. April 1764 wurde in Stuttgart ein Mann geboren, der zum größten Verleger seiner Epoche werden sollte: Johann Friedrich Cotta, der später geadelt als Cotta von Cottendorf, Buchhändler, Unternehmer oder wie man damals sagte Entrepreneur, die Dampfschifffahrt auf dem Bodensee gründete, im Landtag und im Zollverein mittat, und was das Wichtigste für diese Geschichte ist, auch Goethes Verleger wurde. Schiller hatte den Kontakt mit Cotta hergestellt, und Goethe übertrumpfte Schiller bald mit der Höhe der Honorare. Aber nicht nur Goethe partizipierte von der Beziehung, auch für

Cotta bedeutete die Zusammenarbeit mit den Weimarer Klassikern den Aufstieg zu einem europäischen Verlagshaus. Cotta ging es also gut, diesem schmalgesichtigen, ernsten Mann, der seine erste Frau Wilhelmine im antiken Gewand vor römischer Kulisse hatte malen lassen. Das einzige, was ihn schmerzte, war, dass er von Goethe zu wenig wusste, obwohl er ihn mehrfach getroffen hatte. Er wollte wissen, ob Goethe, der 1807 achtundfünfzig Jahre wurde, noch „schaffensmächtig" war. Ein Mann mit einem solchen Netzwerk wie Cotta fand immer jemanden, der diese Erkundigungen für ihn einziehen konnte. Er fand ein Paar, das er für geeignet hielt: Charlotte Gnändinger, 1777 geboren und Johann Friedrich Christ, 1775 geboren. Beide aus Tübingen, die in seinem weitläufigen Bureau in Stuttgart untergekommen waren. Beide waren Cotta durch ihre Geschäftstüchtigkeit und ihre Kaltblütigkeit aufgefallen. Lohnte es sich, an Goethe Vorschüsse zu zahlen, der offenbar ein fröhliches Leben zwischen Weimar, Jena und den böhmischen Bädern führte? – Der Meister wollte keine Vorschüsse, Cotta aber wollte ihm welche zukommen lassen, um ihn an seinen Verlag zu binden. Es war das Jahr 1807, und es gab Gerüchte über Goethe und die jungen Dinger, mit denen er herumflirtete oder noch mehr.

Cotta hatte nicht vor, seine beste Kuh im Stall auf diese Weise verlieren. Goethe sollte arbeiten, diktieren! Und wenn er nicht mehr konnte, so sollte ihm sein Adlatus Riemer gefälligst helfen. Über all das hatte er Gnändinger und Christ informiert. Sie sollten nach Weimar und Jena reisen, sich auf die Spur des Klassikers setzen, zur Not ihm auch in die böhmischen Bäder folgen, und all das herausbekommen, was Cotta wissen wollte.

„Das wird Sie eine Menge Geld kosten", sagte Christ, als sich alle drei im Comptoir seines Stuttgarter Verlagshauses gegenüber saßen.

„Ich habe das Geld", sagte Cotta, „und es ist gut investiert. Sie bekommen Wechsel mit. Ich gebe Ihnen auch noch zwei Empfehlungsschreiben, eines an Friedrich Wilhelm Riemer, Goethes zweites Ich, der wie kein anderer den Zugang zu ihm regelt, und ein zweites an die Frau von Schiller. Den verlege ich ja auch! Wohnen können Sie in Weimar im Weißen Schwan! Die Währungen der Länder, durch die Sie hindurchfahren, müssen Sie selber tauschen. Für die ersten Meilen, soweit Sie kommen, stelle ich Ihnen meinen neuen Landauer zur Verfügung." Im Herbst 1807 reisten sie.

Der Wagen war gefedert und hatte ein Verdeck aus gebogenen Stangen, die mit schwarzem Tuch bezogen waren. Dieses Verdeck wurde nur bei Regen oder kaltem Wetter hochgeklappt, weil man sich in diesen Zeiten nach frischer Luft sehnte. Die Fahrt war ein einziger Schreck. Das laute Gespräch des Kutschers mit den Pferden verhinderte jede Unterhaltung. Die klebrige Erde, über die sie fuhren, haftete an den Rädern wie Blutegel. Hundertmal dachten Christ und Gnändinger, die Kutsche würde umstürzen und alles würde in den Schlamm fallen und wegbrechen. Ab und zu brach eine Schraube oder eine Feder verbog sich. Und in den Schenken, in denen sie Rast machten, war das Waschen nicht immer möglich. Charlotte Gnändinger, sie nannten ihren Gefährten John, litt mehr unter den Verhältnissen als dieser, der sie Cha nannte.

Das Herzogtum Württemberg ging noch, weil die Poststationen, an denen sie sich verpflegen ließen, erträglich waren. Sobald es aber über Hohenlohe in das Erzbistum Mainz in nordöstliche Richtung ging, hatten sie das Gefühl, dass auf den Straßen Schlamm und Dreck flossen. Tagelang hatten sie nichts anderes als das Innere des Landauers, die Pferde und den fluchenden Kutscher. Ab und zu nahmen sie einen bezahlten Vorreiter, der ihnen die Mühen der Voraussicht abnahm. Angesichts der Gefahren, die sie erlebten, dachten beide manchmal, sie hätten diesen Auftrag nicht annehmen sollen. Aber in Cottas Geschäft hätten sie dann wohl nicht mehr arbeiten können. Ein paar Felsbrocken fielen auf den Weg, zwischen die Deichsel und die Pferde. Wie durch ein Wunder kamen sie davon. Der Rang einer Person bestimmte, wie man reiste, und der große Landauer, in dem nur zwei Personen saßen, verschaffte ihnen überall Achtung. Sie überquerten den Main bei Würzburg, und ab dort nahmen sie einen Fremdenführer. Ohne einen solchen kam der reisende Europäer damals kaum aus. Der Fremdenführer kam aus dem Herzogtum Weimar und wollte sie bis dorthin begleiten, nachdem er den Sohn eines Adeligen in das Würzburger Stift gebracht hatte. Es war in der Zeit ungewöhnlich, dass ein Paar, das nicht verheiratet war, zusammen reiste. Aber wenn Herbergsleute fragten, drückten sie ihnen ein paar Münzen in die Hand.

Die lange Reise bewirkte, dass die beiden, die vorher noch nichts miteinander zu tun gehabt hatten, sich anfreundeten. Charlotte Gnändinger stammte aus einer streng katholischen Familie. Ihre Mutter fromm bis zur Bigotterie, hatte ihr aber ohne Zustimmung ihres Vaters eine Erziehung erstritten, die derjenigen der Schwester Goethes, Cornelia, entsprach. Johann Friedrich Christ war in einer pietistischen Familie großgeworden, hatte in Halle an der

Saale Philologie studiert, das Studium aber nur halbherzig begonnen und war von Cotta, der sein Talent für schwierige Aufgaben erkannt hatte, zum Mitarbeiter gemacht worden. Christ war anfällig für das pietistische Selbstbekenntnis geworden, was er Cotta erzählt hatte. Christs Vater war auch für längere Zeit den Lehren der Madame Guion anheimgefallen, einer religiösen Schwärmerin der Zeit. Das hatte Cotta bewogen, von der Ehrlichkeit des jungen Mannes überzeugt, diesen in Dienste zu nehmen. Madame Guion hatte gelehrt, dass man alle eigenen Vorhaben töten und verleugnen solle und in allen Handlungen aus sich selbst aus- und ins Nichts einzugehen. Als er an einem Abend in der Gaststube davon erzählte, brach seine Begleiterin in Lachen aus und sagte, sie glaube an nichts als an die Vernunft und die Zukunft. Das Abtöten und Verleugnen solle er ab jetzt am besten bleiben lassen. Dann bat sie ihn in ihr Zimmer im oberen Stock und gab sich ihm hin. Sie sagte ihm, er sei ihr schon in der Tübinger Buchhandlung aufgefallen, und das Angebot Cottas habe sie nur deshalb angenommen, weil sie mit Christ zusammen reisen konnte. „Meine Mutter hat versucht, mir so viel Eigenleben wie möglich abzuschneiden, immer im Hinblick auf das, was kommen könnte. Ich bin in meiner Kindheit und Jugend genau beobachtet worden. Davon habe ich jetzt genug." Für sie zähle, wie gesagt, nur noch die Zukunft! – Und die hätten sie erst einmal gemeinsam. Wie sie das alles herauskriegen sollten, was Cotta wissen wolle, sei ihr aber schleierhaft!

Im thüringischen Meiningen zwängte sich ein Mönch in ihren Landauer. Er sagte, gerade als sie losfahren wollten, der Herr droben dulde keine Platzverschwendung. Er wolle nach Schwarzburg, und sie sollten ihn um Gottes Lohn mitnehmen. Es gebe ja noch gottselig viel Platz. Der Klosterbruder hatte das Gesicht einer Raupe, eine graue Tonsur, und seine Kutte schien Christ nicht echt zu sein. Er faselte, während sie fuhren, von der Verschwörung der Weltreligionen, als ob ihm der Katholizismus nicht genug sei. In Henneberg verließ er den Wagen aber wieder. Er sagte, er wolle bei Menschen, die sich seiner erbarmt hatten, eine Weile bleiben. Christ war aufgefallen, dass der Mönch, der sich Bruder Casper nannte, versucht hatte, ihn und Charlotte nach Reisezielen und Vorhaben auszufragen. Er war sich sicher, dass außer ihm, Charlotte und Cotta niemand von ihrem Auftrag wusste. Christ hatte auch gemerkt, dass der Mönch viel über die Weimarer Verhältnisse wusste, und das abseits durchblicken ließ.

Die Mahlzeiten waren mehr als bescheiden. Fast überall gab es Sauerkraut. Ab und zu Kalb- und Rindfleisch. Scharfe Soßen sollten den Magen vor den Folgen des Trinkens bewahren. Aber Charlotte und Johann tranken keinen Alkohol, außer dem Bier, dem man sich kaum entziehen konnte. Sie hatten noch nie einen Kalbskopf auf einer Tafel gesehen, kamen aber nicht umhin, auch davon zu probieren. Das Pökelfleisch mochten sie nicht. Die Herbergen waren nicht billig, und Cotta hatte ihnen außer den Wechseln noch ein paar Goldmünzen mitgegeben, und oft wurden sie gefragt, ob sie nicht auch einen eigenen Koch mitgebracht hätten.

Nach einer Reise mit vielen Unbequemlichkeiten fuhren sie Ende Oktober 1807 nach Weimar hinein. Die Residenz war eine kleine Stadt mit zwei schlichten Kirchen. Das 1774 niedergebrannte Schloss war gerade wieder aufgebaut worden. Zum Teil mehr ein Dorf, lag die Stadt in einer flachen Mulde. Im Norden begrenzten sie die niedrigen Steigungen des Ettersberges, sonst Ackerland und Wiesen, von kleinen Waldstücken durchzogen. Die Ilm war ein schmaler Fluss, der sich zwischen Gebüsch und Baumreihen dahinschlängelte. Das ganze Herzogtum war kümmerlich mit seinen hunderttausend Einwohnern. Man bemühte sich immer noch, die Schäden, die der schon 1763 beendete Siebenjährige Krieg hervorgebracht hatte, zu beseitigen. Sie kamen über die Heerstraße in die Stadt hinein. Christ sah in der offenen Kutsche sofort, dass die veraltete Dreifelderwirtschaft jeden Fortschritt von Ackerbau und Viehzucht verhindert hatte. Die Bauern, von Frondiensten schwer gedrückt, taten nur das Nötigste. Christ wusste, dass der wirtschaftlichen Unbeweglichkeit die Undurchlässigkeit der sozialen Struktur entsprach. Das war in den Kleinstaaten von ganz Deutschland so. Aber ohne die Masse der Bauern hätte der Adel nicht so gut leben können. Zwischen Adel und Bauern gab es nur noch eine schmale bürgerliche Schicht. Goethe hatte etwas Bürgerlichkeit in das kleine Land hineingebracht. Vielleicht auch Anna-Amalia, die Mutter des Herzogs Carl August, deren Idee es war aus dem kleinen unbedeutenden Hof eine Art Musenhof zu machen und die mit dem Zuzug von Dichtern, Gelehrten, Malern und Kupferstechern dafür gesorgt hatte, dass die Stadt Weimar ein Anziehungspunkt wurde. Christoph Martin Wieland brachte den Teutschen Merkur heraus und Bertuch, der Schatullier des Herzogs, veröffentlichte das Journal des Luxus und der Moden und zog ein paar Wirtschaftsunternehmen hoch. Es gab im Land keine Entscheidung, die an dem Weimarischen Geheimrat Goethe vorbeiführte.

Das Gasthaus und Hotel Zum Weißen Schwan lag direkt neben Goethes Haus auf dem Frauenplan zur Seifengasse hin. Johann und Charlotte hatten mit der Reitenden Post zwei Zimmer vorbestellt und gaben sich als verheiratet aus. In dem seit dem sechzehnten Jahrhundert bestehenden Gasthof brachte auch Goethe gerne auswärtige Besucher unter, deren Nähe ihm angenehm war. Sie bekamen diesmal zum Essen etwas anderes, Entenbraten mit Klößen und Rotkraut. Dann gingen sie nach oben, argwöhnisch beäugt vom Wirt, der nach ihren Heiratspapieren gefragt hatte und vertröstet worden war, sie kämen später mit der Reitenden Post.

In der Nacht wurden sie von großem Geschrei geweckt. Eine Kerze in einem der Zimmer war umgefallen und hätte fast alles in Brand gesetzt. Aber noch schlimmer, in dem Bett lag ein toter Mönch. Charlotte und Johann, die hinzueilten, erkannten den Kapuziner Casper, der eine Strecke in ihrem Landauer mitgefahren war. Christ erkannte sofort, dass der Mönch keines natürlichen Todes gestorben war. Die starke Hornhautbildung an den Fußsohlen und den Handflächen wies auf eine Arsenvergiftung hin. Er erkannte die hellen Streifen auf den Fingernägeln. „Das ist die dümmste Art jemanden zu vergiften", sagte er zu Charlotte. „Der Mord mit Arsen wird immer erkannt." Der Kriminalrat Schultz war selbst in dem Gasthof, überzeugte sich von einer Arsenvergiftung, befragte die Gäste einzeln. Christ und Gnändinger ließ man laufen. Sie waren erst in der Nacht angekommen, und diese Vergiftung musste eine lange Vorgeschichte haben.

Sie schrieben ihre Namen auf eine Karte und ließen sie am nächsten Tag ins Goethe-Haus bringen. Ein kurzes Billet von dort wies sie an, herüberzukommen, sie könnten aber nicht sicher sein, vom Geheimen Rat empfangen zu werden, er sei unpässlich. Durch das Hauptportal und die Vorhalle gelangten sie, von dem Bedienten geführt, über die von Goethe entworfene, überproportional breite Treppe (sein Vorbild war die Treppe im Hause Chatullier Bertuchs gewesen), mit Gipsabgüssen antiker Statuen und der Ildefonso-Gruppe, in dem gelben Saal, einst das Esszimmer für die Gäste. Sie setzten sich an einen langen Tisch in der Mitte des Raumes auf zwei der klassizistischen Stühle und sahen sich die Basreliefs von Gottlieb Klauer an. Nach einer halben Stunde wurden sie ins Juno-Zimmer nebenan gebeten, wo ihnen ein zweiter Bedienter eröffnete, dass Exzellenz unpässlich sei und heute nicht empfangen könne. Sie verließen also das Haus und machten einen kleinen Spaziergang durch Weimar. Christ zog es vor allem in die Anna-Amalia-Bibliothek, wo auch Goethe oft auslieh. Sie hatten den Kriminalrat am gestrigen Tag nicht erzählt, dass der Mönch eine Weile mit ihnen gefahren war. Wer die Tat begangen hatte, musste sie langfristig geplant haben. Während sie durch die Stadt gingen, sahen sie, wie das Vieh durch die ungepflasterten Gassen getrieben wurde, wie Nachttöpfe auf die Straße oder in die Ilm entleert wurden, so lange, bis der Fluss alles weggeschwemmt hatte. Von den rund sechstausend Einwohnern Weimars gehörte ein Prozent zur Hofgesellschaft, die die Stadt dominierte. Eine Stufe darunter Unternehmer, Handwerker, Kaufleute und Bauern. „Ein unselig Mittelding zwischen Hofstadt und Dorf" hatte der Hofprediger Johann Gottfried Herder geschrieben. Der Wiederaufbau des 1774 abgebrannten Schlosses war erst 1803 vollendet worden. Sie spazierten hin und kamen sich in dem riesengroßen quadratischen Muschelkalk des Schlosshofes ganz verloren vor.

Sonette

Die Nachricht vom Tod des Mönchs im Weißen Schwan war schon durch die kleine Stadt gedrungen, und sie vernahmen an den Straßenecken, wo die Leute stehenblieben, Schauergeschichten. Gegen Abend wurden sie noch einmal zu Kriminalrat Schultz auf die Polizei bestellt und einzeln vernommen. Sie hatten sich nicht abgesprochen und keiner wusste, was der andere gesagt hatte. Als sie abends in der Gaststube des Weißen Schwans saßen, eröffnete Charlotte Christ, sie müsse ihm etwas mitteilen, auch wenn es gegen das Gesetz sei. Der tote Mönch hatte, so hatte die Polizei berichtet, unmittelbar vor seinem Ableben in den Staub unter dem Beistelltischchen, das neben seinem Bett stand, das Wort „Christ" hingeschrieben. Natürlich war er Christ, aber das Wort könne auch auf seinen, Johann Friedrichs Familiennamen deuten. Zudem hatte der Kriminalrat von Gästen, die mit der Reitenden Post gekommen waren, erfahren, dass der Mönch eine Weile mit ihnen gereist war. Diese Zeit habe ausgereicht, ihm die tödliche Substanz zu verabreichen. Festnehmen könnten sie Christ nicht, denn es sei ihm nichts nachzuweisen. Folter gebe es nicht mehr. Aber, so der Kriminalrat weiter, es sollte ihr, Charlottes,

Schaden nicht sein, wenn sie im Laufe ihrer weiteren Reise dem Kriminalrat etwas mitteilte, und wenn Christ schuldig sei, würde man ihr eine angemessene Stelle beim Verleger und Buchhändler Frommann in Jena verschaffen. Dass sie selbst in die Angelegenheit verwickelt sei, glaube man nicht.

„Die versuchen auch alles", sagte Christ, „man hätte auch Quecksilber nehmen können, ich hatte doch keinerlei Motiv. Der Mann war dir und mir fremd, so fremd, wie er sich in unseren Wagen gedrängt hat!" Charlotte sagte, sie würde sich natürlich nicht um das Angebot scheren, und beide beschlossen, am nächsten Tag noch einmal bei Goethe vorzusprechen. Es war der Mittag des 10. November 1807, und sie hatten keine richtigen Wintersachen dabei. Von Cottas Geld, sie hatten einen Wechsel eingelöst, statteten sie sich aus, Christ mit einer weißen, wattierten Jacke, Charlotte mit einem Kaninchenpelz, das Fell nach innen.

Im Goethe-Haus gaben sie wieder ihre beschriftete Karte ab. Sie wurden wieder in den gelben Saal vorgelassen, und der Bediente bedeutete ihnen, Goethe sei heute morgen in aller Frühe mit seinem Adlatus Riemer und seinem Tross nach Jena abgereist, wo er eine Zeitlang zu bleiben gedenke. Sie besahen sich in dem Zimmer noch einmal das Basrelief von Martin Gottlieb Klauer, den Thron des Zeus in Gips. An die Decke hatte Johann Heinrich Meyer die Iris in Leimfarben gepinselt. Damit hatten sie die Zeit überbrückt, denn der Bediente hatte sie mit der Nachricht, dass Goethe abgereist sei, lange warten lassen. Von Weimar nach Jena waren es sechzehn Meilen, und ihr Landauer brauchte dafür dreieinhalb Stunden, weil man zweimal steckengeblieben war.

Vor ihnen im Tal kräuselten sich die Bäumchen zwischen den versteckten Häusern. Ende des 18. Jahrhunderts war die Universitätsstadt Jena eine deutsche Kleinstadt, die sich kaum über ihren mittelalterlichen Mauerring hinauswagte. Goethe ließ als Minister für Wegebau die erste Bresche in die Stadtmauer für die Anlage des Botanischen Gartens schlagen. Innerhalb der Stadtmauern lebten viertausenddreihundert Einwohner, auf knapp achthundert Häuser ungleich verteilt. Man kannte sich mit Namen, auch wenn man der anderen Klasse angehörte. Stadtbürger und Universitätsangestellte lebten einträchtig nebeneinander. Beide Klassen hatten eigene Gesetze und verfügten über Selbstverwaltung. Man bemerkte in der Stadt einen tiefgreifenden Wandlungsprozess im Zeichen der Aufklärung, in der die Universität den Mittelpunkt dieses kleinen Ländchens bildete, das den Namen Herzogtum Sachsen-Weimar trug. Die Nachrichten von der Revolution in Frankreich und die napoleonischen Kriege hatten keine unmittelbare Beunruhigung ausgelöst. Nur in der Universität und unter den Studenten gärte es. In Clubs und Vereinen begann sich eine selbstbewusste bürgerliche Gesellschaft zu bilden.

In dieser Stadt kamen sie am Nachmittag an und hatten Glück, dass sie das Erkerzimmer im Gasthof Zur Tanne bekamen, in dem sonst immer Goethe gewohnt hatte, der jetzt in einem Flügel des Schlosses untergebracht war. Sie quartierten sich ein und machten einen Spaziergang durch die Stadt, wo sie etwas von der revolutionären Atmosphäre schnupperten. Aus dem Haus einer studentischen

Korporation glaubten sie die Marseillaise zu hören. Der Wirt im Weißen Schwan hatte sie vor der Fahrt nach Jena gewarnt: „Die meisten Einwohner der Stadt haben die Denkungsart der Studenten angenommen." Man erinnerte sich noch gut an die Brotrevolten von 1756, als die Bäcker von Jena die Getreideknappheit dazu benutzt hatten, den Brotpreis in die Höhe zu treiben. Der Kellner, mit dem sie ins Gespräch gerieten, erzählte, was der napoleonische Sieg über die Preußen in der Schlacht bei Jena und Auerstedt im vergangenen Jahr für die Stadt zu bedeuten hatte. Für die Jenaer Bürger Plünderung und Verwüstung, für die Professoren die Vertreibung aus ihren Häusern und den Verlust ihres Vermögens. Hegel, der bekannte Philosoph, konnte gerade noch das Manuskript der Phänomenologie des Geistes in die Tasche stecken und für immer aus Jena verschwinden. Der junge Historiker Luden habe fast eine nationale Erhebung hervorgerufen. Und überhaupt Hegel! – Der junge Meister sei oft hier gewesen und habe sich während des Servierens mit ihm unterhalten. Es komme ihm, dem Kellner Mochau, gar nicht unsinnig vor, dass die reine Innerlichkeit Gottes sich in die völlig inadäquate Form der materiellen Natur entlade und so einen ungeheuren Widerspruch bilde. Dies sei ganz allein die Wurzel der vielgerühmten Dialektik. Dass Gott in die Natur flösse, sei doch ein Widerspruch, oder? Die eigentliche Rückkehr des Geistes aus seinem Anderssein, also der Natur, habe sich erst im Menschen vollzogen. Soweit habe er, Mochau, Hegel verstanden. Der Professor habe am Tisch viel gescherzt, lange mit ihm gesprochen und sei auch beim Trinkgeld nicht kleinlich gewesen. Dabei sei auch Hegel „von unten" gekommen, genauso wie er,

Mochau. Auch die anderen Professoren seien gegangen. Jena habe nur noch zweihundert Studenten oder weniger. Das ganze akademische Leben sei zum Stillstand gekommen. Das sei unter anderem auch Goethe zu verdanken. Wenn sie an Goethe heranwollten, sollten sie es am besten über seinen Adlatus Riemer versuchen, der wisse alles und mache in Jena alle Termine. Abends seien alle beim Buchhändler Frommann und himmelten im Chor dessen gerade erblühte achtzehnjährige Pflegetochter an. Riemer und der halbverrückte Dichter Zacharias Werner täten dabei kräftig mit. Die Sonette, die sie auf die Schöne gemacht hätten, atmeten mehr als nur Platonismus, und in der Stadt gäbe es schon Gerede. Er, Mochau, höre ja alles, was geschwätzt wurde. Wenn das Mädchen das alles bloß durchstehen würde, vater- und mutterlos wie sie war. Frommann führe sie in seiner Gesellschaft vor wie ein Wundertier, vor allem um Goethe, der bei ihm drucken lassen wollte, in seinem Haus zu halten. Christ und Gnändinger hatten genug gehört und gingen zu Fuß zum Fürstengraben, wo Frommanns Haus stand.

Es war ein großes verschachteltes Gebäude mit einer Kutscheinfahrt, und kein Bedienter, sondern die jüngste Tochter, Alwina Frommann, öffnete ihnen die Tür. Im Hintergrund stand Riemer, der sich der Besucher sogleich bemächtigte. Er führte die beiden Fremden in den Blauen Salon, wo abends ringsum den runden Teetisch die Gesellschaften stattfanden. Sie erzählten nicht, dass Cotta sie geschickt habe, aber sie erwähnten ihn. Da wurde Riemer gleich freundlicher, dieser verschnupfte Mann, dessen Hals tief in seinem galonierten Rock saß. Und der so ausdauernd und vorsichtig seinen Meister bewachte und auch ein paarmal statt Goethe „wir" sagte. Länger hereinbitten könne er die beiden nicht, er musterte mit seinen hervorquellenden Augen das ungleiche Paar, aber übermorgen zur abendlichen Teestunde dürfe er ihnen eine Einladung versprechen. Sie hatten um ihr Ziel, Goethe aus der Nähe zu betrachten und einzuschätzen, fast alles getan, und warteten gespannt auf den angekündigten Tag. Sie blieben die paar Tage in der „Tanne", spazierten durch die Stadt, hörten sich um, und am Sonntag, dem 15. November betätigten sie den Türklopfer am Haus im Fürstengraben. Sie wurden von einem Bedienten hereingeführt. Buchhändler Frommann, Professor Luden, Goethes Freund Knebel, der Privatgelehrte Johann Thomas Seebeck, Doktor Voigt, Riemer und Goethe saßen bei Kerzenlicht um den Teetisch versammelt.

Minna Herzlieb, das war der Name von Frommanns Pflegetochter, schenkte Tee ein. Sie sahen sie jetzt zum ersten Mal. Sie war das Urbild einer jugendlichen Schönheit, und sofort konnten sie verstehen, wie diese älteren Halbgelehrten dieses junge Mädchen, das ihnen als Beute erschien, umschwärmten. Ihr rundliches Gesicht war noch unfertig. Große, dunkle Augen, die schönste gerade Nase und eine übertrieben anziehende Frisur, links hochgesteckt, rechts die geringelte einzelne große Locke bis zum Hals herabhängend. Gekleidet war ihre schlanke Gestalt mit gut proportionierten Rundungen in ein weißes Kleid, das unter dem Busen gerafft war. Sie konnten die Malerin Louise Seidler verstehen, die gesagt hatte: „Minne war die lieblichste aller jungfräulichen Rosen!" Sie erkannten aber auch sofort, dass das, was sich hier zwischen dem Mädchen und den Männern anbahnte, nichts Gutes war.

Alle nahmen um den Tisch Platz, nippten am Tee, aßen von dem Gebäck, und jeder sagte etwas. Goethe las ein Sonett an Minna Herzlieb vor, in dem er zuerst ihre Kinderjahre beschwor und das endete: „Ich fühl' im Herzen heißes Liebestoben … Doch, ach, nun muss ich dich als Fürstin denken" – Es war alles ein bisschen peinlich. Als die Gesellschaft sich ein wenig lockerte, gelang es Christ und Gnändinger, das Mädchen kurz allein zu sprechen. Sie erzählte von sich frei von der Leber weg. Sie war ganz im Osten, im brandenburgischen Züllichau, mit drei Geschwistern aufgewachsen. Ein großes Glück. Aber ihr Vater, der Stadtpfarrer, starb mit vierunddreißig Jahren an Tuberkulose und ihre Mutter bald danach. Der Buchhändler Frommann nahm sie auf. Zog sie groß und ermöglichte ihr in Jena die Begegnung mit den Größen seiner Zeit. – Goethe unterbrach ihr Gespräch und fragte Christ und Gnändinger: „Gefällt es Ihnen in diesem Kreise? Ich habe hier schöne Abende verlebt. Alles, was in Deutschland Namen hat, ist dort."

Frommann war von untersetzter Statur, trug einen grauen Rock. Aus der weißen Halsbinde duckte sich sein breiter Schädel, von dünnem Haar überwölbt. Er hatte ein rundes, freundliches Gesicht mit leicht gebogener Nase und hoch sich wölbenden Augenbrauen über den schlauen braunen Augen. Er wirkte auf den ersten Blick vertrauenerweckend. Der Mund klein, zierlich und gespitzt!

„Minchen entwickelt sich noch", sagte er, „sie ist jetzt in der kritischsten Zeit. Sie ist zurückhaltend im Essen und Trinken, und ich wünschte, sie würde mehr Putz in ihre Kleider legen, wie andere Frauen auch. Sie ist auch zu dünn. Wegen ihrer Migräne haben wir schon diesen und jenen Arzt konsultiert. Sie hat das Kopfweh links. Goethe merkwürdigerweise rechts. Im Denken ist sie nicht langsam, aber sie denkt pedantisch. Was nicht aus dem Vorhergehenden folgt, begreift sie nicht. Seit Goethe wieder bei uns ein- und ausgeht, ist ihre Handschrift, die vorher klar, aber steif war, flüssiger geworden. Und sie spürt die inneren Regungen des anderen. Beim Musizieren passt sie sich dem Takt des Anderen gleich an!"

„Sie wird doch einmal heiraten", sagte Charlotte.

„Da bin ich ganz gewiss", erwiderte Frommann, „aber der Trubel um sie herum tut ihr nicht gut! – Das ewige Sonettenschmieden auf ihre Person. Und dieser Zacharias Werner. Sie brauchte mehr Ruhe und Zurückgezogenheit, besonders des Abends. Was interessiert denn sonst an jungen Mädchen als ihre geheimnisvolle Aura."

„Sie wird schon zu sich selbst finden", sagte Charlotte, „Goethe und Werner gehen auch wieder weg und eine junge Seele erholt sich schnell."

„Ihre nicht so schnell", sagte Frommann, „ich bin im Zweifel!"

Jetzt hatten sie Gelegenheit, eine Zeitlang mit Goethe zu sprechen. Sie erzählten von sich, dass sie aus Stuttgart kämen und mit dem Gedanken spielten, einen Verlag zu gründen. Goethe schien interessiert. Er sagte, er haben einen neuen Roman im Kopf, den er Riemer schon auf der Kutschfahrt hierher der Länge nach erzählt habe. So gegenwärtig sei ihm der Text. Die beiden horchten auf und erwiderten, dass ein neuer Roman dem Autor so gegenwärtig sei, könnten sie gar nicht glauben. Da gab Goethe ein paar Details zum besten, und sie wussten schon jetzt, dass sie ihre Reise nicht umsonst gemacht hatten. Zuweilen fühlten sie sich von Goethe durchschaut. Frommann hatte, in der Ecke stehend, das Wort „Verlag" gehört und war hinzugetreten. Sofort nahm das Gespräch beiläufige und unverbindliche Formen an. Und keiner gab mehr etwas preis. Sie fühlten mit dem Gespür der Intuitionisten, dass das, was sich hier zwischen der jungen Frau und den Männern abspielte, kein gutes Ende nehmen würde und dass es, spätestens in ein paar Monaten, nötig sein würde, Goethe oder Minchen aus diesem Kreis zu entfernen. Jetzt wurde die Abendmahlzeit aufgetragen, Kalbsfüße in Gelee, und Christ und Gnändinger nahmen nur wenig davon. Fast alle gingen gleichzeitig. Frommann verabschiedete sie an der Haustür mit einer Laterne. Im Halbdunkel glaubten sie zu sehen, wie Goethe Minchen einen flüchtigen Kuss aufdrückte.

Sie verbrachten noch fünf Wochen in Jena, immer wieder eingeladen von den gastfreundlichen Frommanns. Sie hatten währenddessen viel Gelegenheit, mit Goethe zu sprechen, allein, in seinem Umfeld, aber auch zusammen mit seinem Drucker und Buchhändler Frommann, dem er blind vertraute. Aber sie hatten das merkwürdige Getue und die „Sonetten-Wut" (so Riemer) um Wilhelmine Herzlieb nicht vergessen. Goethe nannte Wilhelmine „eine innerliche Natur", die nicht viel spreche, sondern alles in ihrem Herzen bewahre. „Ein Waisenkind nimmt unter den Glücklichen, die sich der Liebe ihrer Eltern bewusst sind, eine Sonderstellung ein", fügte Riemer hinzu. Charlotte sagte später zu Christ: „Dieser Riemer ist sein Mephisto! – Wie der mich angeguckt hat. Der ist genauso lüstern wie sein Meister!"

Junge Mädchen

Am Samstag vor ihrem Besuch hatte man bei Frommanns die Laterna magica mit gemalten Bildchen produziert. „Der hat auch nichts ausgelassen", sagte Charlotte. – Morgens auf dem Markt bekamen sie und Christ Wilhelmine Herzlieb allein zu sprechen. Sie fasste Vertrauen zu den Fremden und erzählte, wie sie sich in Frommanns Haus fühlte. Sie war die kostenlose Kindergärtnerin der jüngsten Tochter Alwine. Erzählte, wie Frommann sie vor seinen Gästen ausstelle wie ein seltenes Tier, wie jeder der Eingeladenen sie mit den Augen belästige, ja, wie einige sogar zudringlich geworden seien. Wie sie sich zu den Abendgesellschaften in die engsten Kleider habe zwingen müssen, und wie die männlichen Gäste nur wegen ihr als mögliche Beute kämen. Natürlich wolle man sie verheiraten, aber dafür müsse sie vorher etwas hergeben. Auch die beiden lüsternen Herren aus Weimar, den alten und den jungen nehme sie nicht aus. Ob Christ und Gnändinger sie nicht auf ihrer weiteren Fahrt mit fortnehmen könnten? Die beiden Reisenden waren erstaunt. Das hatten sie nicht gedacht. Sie verabschiedeten sich von dem großen, schlanken jungen Mädchen und bedauerten, ihm nicht helfen zu können. „Goethe macht aus dieser Liebschaft sicher einen Roman", sagte sie beim Abschied. Da hatten sie einen neuen Hinweis auf die Informationen, die sie brauchten. „Gehen Sie doch einmal hinüber zu seinen Räumlichkeiten am Schloss", rief sie ihnen nach. Dann kam sie zu ihnen zurück und erzählte, wie sie im Jahr 1806 unter dem Franzosenkrieg gelitten habe. Flüchtlinge hätten sich in das Frommann'sche Haus gedrängt und mit ihnen Todesangst, Elend und Krieg. Sie glaubte aber, sie müsse wegen der Zudringlichkeiten der vielen Fremden, denen sie Frommann aussetze, wieder zurück nach Züllichau, wo sie geboren sei. Jetzt habe sich noch ein anderer Poet angekündigt, ein Zacharias Werner, der wohl aber „etwas daneben" sei. Vor solchen Männern habe sie am meisten Angst. Sie ging dann doch.

Am Mittwoch, dem 2. Dezember 1807 gingen sie wieder zu Frommanns. Sie fanden tatsächlich auch Zacharias Werner in der Gesellschaft, der so heftig deklamierte, dass er fast den Schlagfluss bekam. Ein am Boden hockendes Kind rief: „Der Mann ist ja verrückt!" Als sein Vater es züchtigen wollte, kam Goethe dazwischen und sagte: „Lassen Sie nur, das Kind trägt eine Welt in sich." Goethe nannte Werner „das wunderlichste Individuum". Christ und Gnändinger sahen, dass Gewohnheit, Neigung und Freundschaft sich bei Goethe zu Liebe oder Leidenschaft für Wilhelmine gesteigert hatten, „die wie alles Absolute, was in die bedingte Welt tritt, vielen verderblich zu werden drohte. In solchen Episoden erscheint die Dichtkunst erhöhend und mildernd", so Goethe – Die beiden Fremden konnten über diese Altmännerlüsternheiten nur lachen, erinnerten sich aber an Minchens Worte, dass sie wegmüsse. Charlotte sagte: „Das ist doch alles die dunkle Seite des Mondes!" Und Goethe antwortete: „Seitdem man die dunklen Empfindungen und Ahndungen des unendlichen Zusammenhangs der Geister- und Körperwelt auszusprechen anfängt, ist keiner, der nicht das in Worten bestritten, was er in Empfindung und Ahnung gelebt hat. – Die sublimsten Gefühle der Liebe ausgesprochen, erregen den Widerspruch aller nicht so Gesinnten." Charlotte und Christ, die dabei standen, mussten sich gestehen, dass dagegen nichts vorzubringen war und dass Goethe wieder einmal recht hatte, obwohl sie das Treiben am Vortag abgestoßen hatte. „Die sogenannte Gesundheit kann nur im Gleichgewicht entgegengesetzter Kräfte bestehen", war der Meister fortgefahren. Sie versuchten den Geheimrat über seine Zukunft auszufragen, aber der antwortete nur: „Es gibt so viele Bezüge der Wesen untereinander, die wahrhaft und doch sonderbar genug sind. Man erinnere sich im gröberen Sinne an Ausdünstungen, Geruch; im zarteren an Bezüge der körperlichen Form, des Blickes, der Stimme. Man gedenke der Gewalt des Wollens, der Intentionen, der Wünsche, des Gebetes. Was für unendliche unerforschliche Sympathien, Antipathien, Idiosynkrasien überkreuzen sich nicht!" Das war ihnen zu allgemein. Viel von dem, was Goethe gesagt hatte, wussten sie selbst. Ja, ihr Verhältnis hatte sich in den letzten zwei Wochen auf Goethes Maximen aufgebaut. – Sie sahen, wie Goethe einen Leuchter vom Tisch nahm und näher am Fenster plazierte. Es geschah um Minchens Gesicht im Dämmerlicht besser zu beleuchten.

Jetzt sahen sie das junge Fräulein in seiner ganzen Schönheit. Nicht mehr so kindlich wie bei dem letzten Besuch, wo sie etwas Zurechtgemachtes, aber Unreifes ausgestrahlt hatte. Sie hatte wieder ein weißes Kleid an und wirkte viel erwachsener. Ihr dunkles Haar war zu einer Hochfrisur hochgebunden, und zwei gekräuselte Löckchen ringelten sich knapp auf die Ohren. Eine Art Mühlsteinkragen aus dünner Gaze umgab ihren Hals. Sie schaute arglos, aber selbstbewusst auf Goethe, ihre Augenbrauen gezupft, Mund und Nase von schönstem Ebenmaß. Jetzt sahen sie, dass Goethe ihr Spiegelbild im Fensterglas betrachtete, um nicht deutlich zu starren. Bald wurde ihnen klar, dass Riemer und Zacharias keine Chancen hatten. Jetzt sagte Goethe etwas: „Doch halt! Nun muss ich dich als Fürstin denken: Du stehst so schroff von mir emporgehoben; ich beuge mich vor deinem Blick, dem flüchtigen." War das ein Vorwurf, dass sie ihn nur flüchtig ansah? Es sollte aber, das wussten sie, die einzigen Sonettzeilen werden, die Minchen überleben würden. Minchen sagte: „Ich zweifle doch am Ernst verschränkter Zeilen!" Sie sahen, dass das Mädchen nicht aus noch ein wusste. Man sprach über Bach, besonders über die Brandenburgischen Konzerte.

„Nummer fünf ist das Schönste", sagte Minchen, „bewundernswürdig ist der Übergang vom Themenende zum Beginn der Soli. Ebenso bestechend wie der Quartzug der Flöte ist der Startsprung des Cembalosolos."

Sie hatte schnell gesprochen, und die ganze Gesellschaft blickte sie an. Woher hatte sie das? – Sie hatte das Konzert doch nur einmal bei einem Besuch im Weimarer Komödienhaus gehört.

„Etwas Schöneres gibt es nicht", fuhr Minchen fort, „und die kleinen erstaunlichen Wendungen im Verlauf des Konzerts. Im Konzertsatz gibt es keine falschen Tonarten. Der Komponist ist in seiner Wahl frei. Wenn ihr wollt, setze ich mich hier an den Flügel und spiele das Cembalosolo vor."

„Jetzt ist es genug", sagte Frommann, der Pflegevater, „wir setzen dich alledem nicht aus. Gleich wird das Abendessen aufgetragen. Aber wenn wir wieder nach Weimar kommen, gibt es vielleicht Gelegenheit, das Konzert nochmal zu hören."

„Sind Sie gut durch den Krieg von 1806 gekommen?" fragte Werner.

Minchen sagte: „Ich habe die Schrecken der Schlacht bei Jena erlebt, unser Haus war voller Flüchtlinge, aber Freiheit und Gleichheit sind auch ein Gut. Eine Ordnung der Dinge, die keine niedrigen und gemeinen Triebe kennt. Rangunterschiede sollen nur aus der Gleichheit selbst entspringen!"

Goethe unterbrach sie und sagte: „Ich weiß, wie wichtig der Unterschied der Stände ist."

„Jedem Einzelnen steht das Glück zu", fuhr Minchen fort, „alle Seelen sollen groß werden. Die Künste sollen Zierde der Freiheit sein. Der Staat soll das Vaterland aller Einzelwesen sein, die zu ihm gehören."

„Woher hat sie das?" fragte Frommann laut.

„Die Seele des Staates sind Tugend und Gleichheit", sagte Minchen weiter, „die Tugend habe ich gelebt. Die Gleichheit muss ich noch lernen. Alles, was die Seele erhebt und die Sitten reinhält, muss kommen.

„Aber das sind doch die Grundsätze der Französischen Revolution", sagte Frommann, „und die kommen so gut wie von selbst aus ihr heraus? – Hat jemand mit ihr darüber gesprochen?"

Niemand sagte etwas.

„Von da aus ist es kein weiter Weg mehr zum Terror", sagte Frommann, „denn durch etwas anderes lassen sich diese Ziele nicht erreichen."

„Beruhige dich", sagte Johanna Frommann, „es wird ja alles wieder gut. Sie ist exaltiert, ihr Gemüt hat durch den Tod beider Eltern gelitten! – Wir bringen sie zu Bett!"

Man begleitete sie nach oben, und die Gesellschaft wandte sich dem verlorenen Gesprächsfaden zu. Goethe verwies auf die Laterna magica.

„Was war mit dem toten Mönch?" fragte Goethe plötzlich.

Christ und Gnändinger stutzten. Woher wusste der das? Und warum hatte er so lange geschwiegen? – „Er hat doch Christ unter den Tisch geschrieben!" fuhr Goethe fort.

Charlotte sagte: „Das könnte bedeutet haben, ich sterbe als Christ, oder es geht gegen das ganze Christentum, gegen das sich der Mönch auflehnte!" Charlotte war nicht nur eine gute Handschriften-, sondern eine ebenso gute Symboldeuterin. Cotta hatte sich in seiner Botschafterin wirklich nicht vergriffen.

„Es gibt mehr Christen als Mohamedaner", sagte Goethe, „das hier muss etwas anderes bedeutet haben. – Ich bin gegen jede Doppeldeutigkeit!"

„Vielleicht ist er vom Tod übermannt worden, als er weiterschreiben wollte", sagte Johann, „vielleicht wollte er Christen oder Christentum schreiben!"

„Wo kommen Sie überhaupt her", fragte Goethe, „und was wollen Sie hier?"

„Wir machen eine Lustpartie", sagte Charlotte, „dieser Staat und sein Musenhof haben uns angezogen! Und dann Sie!"

Goethe lächelte geschmeichelt: „Ich wollte Ihnen nicht zu nahe treten, aber der tote Mönch lässt mir keine Ruhe."

„Kann ich verstehen", sagte Johann Friedrich Christ, „er treibt mich auch um. So nah an einem dran, das dunkle Geheimnis."

Goethe hatte für Geheimnisse immer viel übrig gehabt und lächelte zustimmend. „Arsen ist zur Beseitigung eines Feindes ganz ungeeignet", fuhr er fort, „es ist in Haaren und Nägeln leicht nachweisbar, und man sieht den Mord auf den ersten Blick. Sie sind bestimmt in den Kreis der Verdächtigen geraten. Aber ich sehe Ihrem klaren Blick an, dass Sie nichts damit zu tun haben."

Wilhelmine Herzlieb kam noch einmal herunter und wandte sich mit einer Frage an den Geheimrat. Es ging um die Laterna magica. Goethe erklärte dieses und jenes und entbot sich, die Laterna noch einmal anzuzünden und die bunten Bildchen auf ein weißes Tischtuch an der Wand zu projizieren. Alles versammelte sich um den Meister, der zu den Projektionen erklärende Worte sprach.

„Meyer müsste unsere Porträts auf Glas malen, dann sähen wir uns alle überlebensgroß an der Wand", sagte Wilhelmine.

Goethe sagte, er werde Meyer einmal darauf ansprechen.

Am nächsten Tag beschlossen sie, sich das Universitätsstädtchen, das so anders war als die Weimarer Residenz, einmal aus der perspektivischen Ferne anzusehen und machten mit ihrem Landauer eine Fahrt in die hügelige Umgebung. Drei kleine Kirchtürme, auch der von Drackendorf, ein Ort, von dem später noch die Rede sein wird, belebten die Szenerie. Die Menschen wirkten klein wie Schießpuppen zwischen den runden Baumwipfeln. Das Städtchen geduckt neben den Hügeln, die es umgaben. Unter dem leicht bewölkten Himmel ließen sie die Kutsche halten und nahmen einen Imbiss von Geflügel, Weißbrot und etwas Wein. Frugales Mahl im Angesicht der Stadt, in der sich Philosophie und Wissenschaft die Hand reichten. „Nie hat die Universität Jena einen solchen Höhepunkt erstiegen in den Jahren 1794 bis 1803, von Fichtes Antrittsvorlesung bis zu Schellings Rückzug", hatte Goethe am Vorabend gesagt, „wie sie denn überhaupt als das höchste unter den Universitäten des deutschen Kulturraumes da stand!"

1803 war auch die Allgemeine Literaturzeitung, das Urbild aller intellektuellen Blätter, nach Halle abgewandert. Und das bedeutete eine zunehmende geistige Leere für Jena. Goethe hatte nicht ungern gesehen, dass Johann Gottlieb Fichte und Friedrich Wilhelm Schelling verschwanden. Ihre Philosophie sagte ihm so wenig wie die der Romantiker, und er wollte im Herzogtum Sachsen-Weimar selbst der geistige Mittelpunkt sein. Goethe und seine Mitarbeiter gründeten unter konspirativen Bedingungen die Jenaer Allgemeine Literaturzeitung. Nach wenigen Wochen aber hatte er den Weggang des alten Erfolgsblattes doch bedauert.

Die Geschichte mit dem toten Mönch ließ den beiden Reisenden keine Ruhe.

„Alles wäre glatt gelaufen", sagte Charlotte, „ich möchte nur wissen, wie Goethe davon erfahren hat?"

Angeschuldigt

Am nächsten Tag ließ Goethe sie zu sich rufen. Der Weimarer Kriminalrat Schultz hatte ihm geschrieben, dass man im Reisegepäck des Mönchs eine halbleere Flasche Karlsbader Sprudel gefunden habe, die leicht mit Arsen versetzt war.

„Vielleicht kommt der Fluch aus Böhmen", sagte Goethe, „in ein paar Wochen will ich hin. Und ich bin auch christlich getauft, obwohl ich im Herzen ein Heide bin." Christ erinnerte sich an einen bekannte Literaten, der allen Leuten erzählt hatte, er würde in seinem Leben mal gerne einen Mönch vergiften. Aber beide, Christ und Charlotte Gnändinger, waren sich darüber im Klaren: Sie würden Goethe hinterherfahren, bis sie Cottas Auftrag erfüllt hatten.

Sie blieben also die restlichen vier Wochen in Jena. Cottas Geld würde bei gewohnter Sparsamkeit noch für ein Jahr reichen. Und ihr Auftrag sollte ja so lange währen, bis sie etwas Sicheres herausgefunden hatten. Sie hörten sich in Goethes Umfeld um. Der Meister blieb morgens lange im Bett, wie immer, wenn er etwas ausbrütete. Das wussten sie schon aus anderen Berichten. Er empfahl bei der Herzogin Anna Amalia Zacharias Werners Buch „Die Söhne des Tals". Aber Werner blieb ihm doch zuwider. Abends ging er meistens zu Frommanns, und dann wurde stundenlang die Laterna magica produziert. Mittags lud er sich bei alten Bekannten ein, wie er das schon in den 70er und 80er Jahren bei Charlotte von Stein gemacht hatte. Einmal trafen sie Zacharias Werner auf der Straße. Und er erzählte ihnen, Goethe habe gesagt: „Als wenn Überspannung, Krankheit nicht auch ein Zustand der Natur wäre. Die sogenannte Gesundheit kann nur im Gleichgewicht entgegengesetzter Kräfte bestehen!" Goethe ging mit Riemer seine alten Epen noch einmal durch, immer besorgt, das Bestmögliche für seine Sachen zu tun. Schließlich war der Werther ja auch nicht der Urtext. Und er schickte den zehnten Band seiner Werke an Cotta.

Riemer hatte ihnen erzählt, dass Goethe die Versepen noch nicht umgeschrieben hatte, wie er es Cotta versprochen hatte. Der Meister disputierte mit seinen Freunden und Bekannten viel über Heidentum, Protestantismus und Katholizismus. Er sei viel mit Knebel zusammen, den er später im Alter seinen „Urfreund" nennen sollte. Er bleibe in regem Briefkontakt mit Weimar, besonders mit seiner Frau Christiane und dem Maler Meyer. Abends turtelten alle immer wieder um die junge Wilhelmine Herzlieb herum, der von dem Getue fast schwindelig wurde. Goethe nannte Werner einen „Kraftdichter". Goethes Sohn August kam ihn besuchen, zusammen mit seinem Freund Bartholomäi. Mittags waren sie fast immer bei Hendrich. Es wurden neue Bogen zur Farbenlehre gedruckt, und Goethe verlangte dafür von Cotta eine Anweisung auf dreihundert Taler. Die Kriegssteuer des Herzogstums an Napoleon machte eine solche Geldknappheit, dass Goethe sich zu diesem Schritt genötigt sah. Der Herzog kam gerade von der Schweinejagd in Begleitung des Erbprinzen und seines üblichen Trosses. Christ und Gnändinger konnten bei dem, was sie zu hören bekamen, gar nicht glauben, dass Goethe überhaupt noch zum Arbeiten kam. Goethe las bei Abendgesellschaften, meistens bei Frommanns, die vielen Sonette vor, die er sich für Minchen Herzlieb abgerungen hatte.

Sie erkannten schnell, dass Goethe Situationen suchte, in denen er sich zwangsläufig verliebte, was bei seiner ungewöhnlich ansprechbaren Natur dann nicht mehr zu vermeiden war. So steigerte er geschickt seine Produktion. Später in den Bädern wurden andere junge Mädchen zu Platzhalterinnen Minchens. Am Freitag, dem 18. Dezember 1807 schrieb er an Knebel: „Man muss sich mit Gewalt an etwas halten." An was?

Am gleichen Tag, acht Uhr früh, fuhr er zurück nach Weimar. Ein halbes Jahr würde er jetzt wohl erstmal in Weimar bleiben. Christ und Gnändinger reisten einen Tag später ab. Jena hatte ihnen gefallen. Die intellektuelle Atmosphäre der Universität war besser als die höfische Luft Weimars. Sie hörten, dass Goethe wieder lange im Bett geblieben war, eine seiner Marotten, wenn er etwas ausbrütete. Abends gingen sie ins Theater und sahen ihn dort in seiner Loge. Christ und Gnändinger waren beide Verehrer Napoleons, der die Ideen der Französischen Revolution nach fast ganz Europa gebracht hatte. Die wirtschaftliche Enge des Herzogtums Sachsen-Weimar bedrückte sie. An der Spitze der Standespyramide stand ja immer noch, über alles Volk erhaben, der Fürst, darunter der Adel vom Hofmann bis zum Krautjunker. Der Adel war durch vielerlei Privilegien bevorzugt und hatte die höchsten Titel und Ämter allein inne. Dieser Stand lebte von den Bauern, Handwerkern und Arbeitern und der Masse der niederen Bedienten. Goethe hatte die Gesellschaft einmal mit den Blattläusen verglichen, zu denen gleich die Ameisen kamen, um ihnen den abgezweigten Saft wieder abzupumpen. Die schmale bürgerliche Schicht, die es in Weimar gab, konnte man vernachlässigen. Entrepreneurs, also Unternehmer wie Bertuch, waren in Weimar selten. Wenn es den Musenhof, Goethe, Wieland und andere, nicht gegeben hätte, würde keiner von Weimar sprechen. In diesem Weimar waren sie zurück.

Aber sie waren erst ein paar Tage in Weimar, als ein Polizeidiener im Weißen Schwan auftauchte und Johann Friedrich Christ nötigte mitzukommen. Christ musste sich auf der Polizeiwache anhören, in der Egerländer Sprudelflasche des verstorbenen Mönches Casper hätte sich doch dichteres Arsenik befunden, wie die Analyse ergeben hätte, und so habe er, Christ, den Mord in kürzester Zeit allein begehen können. Christ kam ins Weimarer Zuchthaus. Kriminalrat Schultz wollte dem Fall in aller Ruhe nachgehen. Charlotte war völlig betroffen und erkannte sofort, dass nur Goethe etwas für Christ tun könnte. Zunächst lebte sie einmal allein in dem Gasthaus, ging abends auch nicht mehr auf Abendgesellschaften, obwohl Madame Schopenhauer, die sie kennengelernt hatte, sie schon ein paarmal eingeladen hatte. Man hatte ihrer beider Reisegepäck durchsucht und natürlich nichts gefunden. Sie war auch von der Polizei nach ihrem gesellschaftlichen Verhältnis zu Christ befragt worden. Unverheiratet, das war verdächtig. Warum reisten sie zusammen? Was wollten sie in Weimar? Was hatten sie solange in Jena gemacht? Charlotte gab intelligente Antworten, und damit gab sich das Amt zufrieden.

Sie wurde am Donnerstag, dem 24. Dezember 1807, dem Weihnachtsabend also, zu der Mutter des Philosophen Arthur Schopenhauer eingeladen, wo auch Goethe anwesend war. Er schien an diesem Abend ansprechbar. Charlotte zog ihn mit ihren dreißig Jahren merklich an. Junge Mädchen waren nicht vorhanden. Dieser Mann, der bald sechzig wurde, strahlte eine mächtige Anziehungskraft aus. Sie beschloss, sich dieser zu unterwerfen und sprach ihn mit einem Glas Champagner in der Hand an. Goethe fühlte sich sogleich geschmeichelt, und so brachte sie ihr Anliegen vor. Goethe überlegte einen Augenblick, diese junge Frau von sich abhängig zu machen, dann verwarf er den Gedanken wieder. Sie war zu stark. Außerdem wollte er mit einer Frau, die Charlotte hieß, nicht mehr näher zu tun haben. In seinem Umfeld würde er sie aber dulden. Das nahm er sich vor. Charlottes Geliebter oder, wie sie ihn nannte, ihr Freund, war bestimmt auch nicht unsympathisch. Vielleicht konnten ihm die beiden sogar nutzen, wenn er den Mann herausließ. Die menschliche Dankbarkeit war einer der größten Antriebe. Kammerpräsident Voigt würde tun, was er vorschlug, und Kriminalrat Schultz war von Voigt abhängig. Die Sache war dunkel, und ob der Mönch überhaupt umgebracht wurde, war noch nicht klar.

„Einer so mädchenzarten Frau so etwas anzutun", antwortete er auf ihr Vorbringen, „ich habe Ihren Lebensfreund ja in Jena kennenzulernen das Vergnügen gehabt. Der ist unschuldig, das habe ich gesehen. Ich bringe ihn heraus."

Dann plätscherte das Gespräch noch herum, und um zwölf Uhr nachts ging man auseinander. Das war ihr Weihnachtsabend 1807 gewesen.

Am Montag, dem 28. Dezember, war Christ frei. Kriminalrat Schultz hatte sich den Anordnungen des Kammerpräsidenten, der ein Freund von Goethe war, nicht entziehen können. Abends war Goethe zu Hause geblieben, „um zu ordnen und zu überdenken", und Christ und Gnändinger gingen zusammen hin, um sich zu bedanken.

„Sein klares Auge hat mir gesagt, dass er nicht schuldig ist", sagte Goethe, „ein solch aufrichtiger Mann kann kein Mörder sein. Und vor allem, er hätte auch gar kein Motiv gehabt." Christ war also wieder da. Ein wenig gezeichnet von vier Tagen im Weimarer Zuchthaus. Er hatte Angst bekommen, denn wäre er in einem Prozess schuldig gesprochen worden, hätte ihm die Todesstrafe gedroht.

Es war also jetzt klar, dass Goethe an einem neuen Buch arbeitete. Wahrscheinlich einer Viereckgeschichte, deren Schauplatz Drackendorf war, ein kleines Dorf dicht bei Jena. Hier sollte auch eine seiner anderen Freundinnen wohnen, die wohl etwas älter als Minchen Herzlieb war. Weil ihnen langweilig war, beschlossen Johann und Charlotte, Drackendorf einmal aufzusuchen, und waren nach zwei Stunden Fahrt mit ihrem Landauer da. Ihr Kutscher hatte ein mürrisches Gesicht gezeigt, aber er wurde gut bezahlt. Goethe war dort oft beim Freiherrn von Ziegesar zu Besuch gewesen, dem dort ein Rittergut gehörte. Seine Besuche waren ab 1805 häufiger geworden. Sylvie, die jüngste Tochter, war jetzt zweiundzwanzig, und Christ und Gnändinger hatten gehört, dass im Sommer 1808, also jetzt bald, ein gemeinsamer Besuch von Goethe und der Familie Ziegesar in Karlsbad geplant war. Goethe wollte wohl Mitte Mai losfahren. Das Landschaftsbild des kleinen Dörfchens eignete sich gut für eine Romankulisse. Das Dorf lag versteckt in einer Hügellandschaft, umgeben von Laubbäumen. Das Gutshaus der Familie Ziegesar war ein großes, zweistöckiges Haus, an das sich noch ein kleineres anschloss. Der ganze untere Teil war mit Efeu bewachsen. Eine Mansarde, ähnlich wie im Goethe-Haus in Weimar, schimmerte von oben. Auch den Kirchhof sahen sie sich an. Wenn Goethe düstere, tragische Momente in sein neues Buch einfügen würde, würde er sie hier ansiedeln. Die Kirche hatte einen hohen Turm mit dem angeschlossenen Kapitell. Die Gräber seitab. Wenn Cotta das fertiggestellte Buch in Händen hielt, wäre ihre Mission zu Ende. Aber sie würden sich das neue Buch, wenn es denn überhaupt zustande kam, genau ansehen.

„Kommen Sie beide einmal des Abends bei mir vorbei", hatte Goethe sie bei ihrem kurzen Besuch verabschiedet, „Sie werden ausreichende geistige Unterhaltung finden."

Zweimal ließen sie sich das nicht sagen, und am Donnerstag, dem 31. Dezember, dem Silvesterabend also, gingen sie wieder zu Madame Schopenhauer, wo sich alles eingefunden hatte. Man sprach über italienische Schäferidyllen, und alles befand sich in einer sanften, lyrischen Stimmung, die Charlotte zu dem gerade ausgestandenen Schrecken nicht recht passen wollte. Man sang die Lieder des Komponisten Zelter, und plötzlich, mitten in der Fröhlichkeit, klopfte Goethe auf den Tisch. Das halbausgesprochene Wort auf aller Lippen erstarb, die Mienen zuckten, und ein Wetterleuchten fuhr über alle Gesichter. Da sahen sie, welch ungeheuren Respekt sich Goethe in Weimar und im ganzen Land geschaffen hatte und dass keine Polizeibehörde hier dieser Autorität hätte widerstehen können. Charlotte wusste auch, dass Christs Entlassung ohne Rechtsgrundsätze verlaufen war. Aber das störte sie wenig. Wer aber hatte dann den Mönch Casper ermordet, wenn er sich nicht selbst getötet hatte? Goethe hatte ihnen versprochen, sie über die Ermittlungen auf dem Laufenden zu halten.

Anfang Januar 1808 gingen sie wieder zu Goethes Mittagstisch. Goethe hatte sie eingeladen, und es waren ja nur ein paar Schritte bis zu seinem Haus. Das Mahl bestand aus einem einfachen, aber schmackhaft zubereiteten Gericht und Bier. Zwei Talglichter erleuchteten das Gemach. Der Geheimrat ließ, als schon aufgetragen war, auf sich warten. Als er kam und alle aufstehen wollten, rief er: „Kinder, bleibt sitzen!" Benahm sich einer in seiner Gegenwart ungeschickt, fuhr er sich mit der Hand über das Gesicht. An das bescheidene Mahl schlossen sich Gespräche über Kunst, Theater oder Stadtneuigkeiten, wie über den immer noch ungeklärten Mord oder Selbstmord vom Mönch Casper an, dessen wahre Identität auch noch nicht geklärt war. Als das Horn des Nachtwächters erklang, verabschiedete man sich.

Charlotte sagte auf dem kurzen Weg ins Gasthaus: „Nie hat jemand mehr über sich offenbart und gleichzeitig gezeigt, dass das Geoffenbarte vergänglich ist und der Veränderung durch die Zeit unterliegt. Glauben kann man also Goethe seine Gefühlsoffenbarungen nicht! Ich fragte mich aber, wie Goethe bei seiner ungeheuren täglichen Emsigkeit überhaupt zum Schreiben kommt."

Als sie das sagte, hatte Goethe einen großen Teil seines Werkes überhaupt noch nicht geschrieben. Beide, Christ und Charlotte fühlten sich wohl in Weimar, und weil ihnen der Aufenthalt im Weißen Schwan auf die Dauer zu teuer war, mieteten sie zwei Zimmer mit Kost in einem weitläufigen Gebäude in der Marienstraße. Die Wohnung lag immer noch zentral, zum Goethehaus am Frauenplan brauchten sie nur um die Ecke zu gehen. Zum Theaterplatz waren es zehn Minuten. Sie hatten vor, sich das eine oder andere Boulevardstück, das unter Goethes Intendanz gespielt wurde, im Komödienhaus anzusehen. Noch war ihr Auftrag nicht beendet, außer dass sie herausbekommen hatten, dass Goethe mit dem Gedanken an ein Buch spielte, in dem es um junge Mädchen und ältere Männer ging. Sie schrieben Cotta von dem Gerücht, und er schickte ihnen zum Dank noch etwas Geld mit der Reitenden Post und bot Goethe einen Vorschuss an. Sie lernten die Stadt noch weiter kennen und gingen auf ihren weitläufigen Spaziergängen sogar über die Schlossbrücke bis zum Ackerfeld im Osten. Zum Markt waren es auch nur ein paar Minuten, und so brachten sie ihrer Hauswirtin, Frau Wieland, einiges an Gemüse mit, das sie dann mittags serviert bekamen. Christ hatte immer noch das Gefühl, dass ihn die Polizeibehörde nicht vergessen hatte. Der Winter war kalt, aber sie hielten in ihrem neuen Domizil bis zum Frühjahr durch. Christ kaufte sich einen Pelz, weil die wattierte Jacke nicht warm genug hielt. Am 5. Mai 1808 trafen sie auf der Frauentorstraße, kurz vor dem Markt, Riemer, der vom Markt etwas Frisches für die Küche mitnehmen wollte.

Bei Goethe und
Charlotte von Stein

Sie hatten den Kontakt zum Goethehaus fast verloren und suchten Goethes Adlatus über das Vorgefallene und etwaige Neuigkeiten auszuhorchen. Riemer war ganz arglos und berichtete über die vergangenen vier Monate. Goethe schlug sich viel mit seiner Frau Christiane herum, die auf die jungen Dinger, die fast täglich an seinem Mittagstisch saßen, eifersüchtig war. Goethe hatte sie geheiratet, aber junge Frauen wie Caroline Ulrich, die später seine Zuarbeiterin werden sollte, waren nicht aus dem Spiel. Bettina Brentano flirtete mit Goethe, sie hatte Christiane eine Blutwurst genannt. Goethe habe gesagt, so Riemer, man müsse über so etwas stehen, das seien wir dem höheren Standpunkt schuldig, auf den uns die Philosophie gehoben habe. Im Winter habe sich Goethe besser befunden als seit langer Zeit. Am 15. Januar sei er kurz nach Jena gefahren, habe aber, wegen dauernder Quängelei Christianes, diese mitnehmen müssen. Das habe ihn aber nicht davon abgehalten, am nächsten Morgen allein zu Frommann zu gehen und Minchen seine Komplimente zu machen. Drei Tage später sei er aber wieder nach Weimar zurückgefahren, da er Christianes Quängelei dort nicht habe aushalten können. Christ und Gnändinger fragten, wie sich Goethe jetzt mit Frau von Stein stünde. Am Samstag, dem 23. Januar 1808 sei er vor Tisch lange mit ihr spazieren gewesen. Die Versöhnung wäre allgemein. Der Dichter Werner würde von Goethe bis aufs äußerste protegiert, selbst bei der Fürstin. Er, Riemer, könne davon nur träumen. Im Theater habe der Autor August von Kotzebue den Vorrang. Abends sei Goethe viel bei Johanna Schopenhauer, die auch nichts dabei fände, wenn Christiane mitkam. Bei Tisch habe er Zacharias Werner einen Kranz aufs Haupt gesetzt, der vorher einen Schweinskopf geziert hatte. Goethe glaube, dass es nur die ungebildete Seite an uns sei, von der her wir glücklich seien. Jeder Mensch habe so eine. Demoiselle Ulrich, seine Ziehtochter, käme jeden dritten Tag zu Tisch. Riemer wusste nicht, dass er „die Ulrich" einmal heiraten würde. Es käme im Leben nicht darauf an, dass man die Menschen kenne, sondern dass man in jedem Augenblick klüger sei als der, der vor uns stehe. Vielleicht sei das der Schlüssel zu Goethes Erfolg.

Sie beschlossen Frau von Stein bei der nächsten Gelegenheit einmal zu besuchen. Goethes Sohn August, erzählte Riemer weiter, gehe nach Heidelberg und der geheime Rat zwinge sich deswegen ein paar Krokodilstränen ab. August habe übrigens, dank Goethes Hofmedikus, einen Bandwurm glücklich abgestoßen. Goethe sei nochmals, diesmal mit seinem Hofmaler Heinrich Meyer, kurz nach Jena gefahren. Er protegiere Zacharias Werner zwar, aber sein Verhältnis zu diesem sei zwiespältig. Goethe werfe ihm lüsterne Redouten- und Halbbordellwirtschaft vor, und was aus dem Verhältnis einmal werde, stehe noch dahin. Dessen artig aufgestutzten Theorien von Liebe, Vereinigung zweier prädestinierter Hälften, verastralisierten Mignons halte er, Goethe, für Geschwätz. Ohne Gemüt sei keine wahre Kunst denkbar. Aber für den vom Bandwurm geheilten August habe er eine Menge Empfehlungsschreiben an die Heidelberger Professoren gesandt. Er, Riemer, möchte es einmal so gut gehabt haben. Goethe, der Zeit seines Lebens zum Mystizismus geneigt hatte, beschäftige sich jetzt mit Wünschelruten, auch mit Galvanismus und dergleichen. Minchen ist bei ihm schon fast wieder passé, Frommanns wollten seine Aufdringlichkeiten nicht mehr. Aber die zweiundzwanzigjährige Sylvie von Ziegesar sei wohl die Nachfolgerin. Wenn er im Mai nach Karlsbad gehe, würde er ihr ganz nahe sein. Goethe gehe auch nach Karlsbad wegen seiner Gicht. Man stelle sich vor, ein Gichtbrüchiger mit dem jungen Ding. Aber Goethe könne davon nicht ablassen. Vor allem aber störe Goethe, dass immer der neueste Dichter zum größten aufgerufen werde. Man trachte, ihn ganz allmählich herunterzuziehen, ihm etwas und dann wieder etwas zu nehmen. Kürzlich sei Goethe wieder in Jena gewesen, habe vergeblich um einen Hecht aus der Ilm gebeten und Christiane Selleriepflanzen geschickt. Der Aufenthalt habe aber nur eine Woche gedauert. Im Wagen zurück nach Jena habe er Meyer den ganzen ersten Teil seines neuen Romans erzählt. Goethe trinke viel Champagner, der ihm gut bekomme, dürfe aber nicht während des Essens trinken, sondern erst drei Stunden später. Die Abreise nach Karlsbad stehe unmittelbar bevor. Sein Schwager Vulpius halte für ihn in Weimar die Stellung und sei sein „Hausbüro". Er brauche jetzt zum Lesen Lorgnetten, die er sich beim Hofmechanikus Otteny in Jena fertigen ließe. Öffentlich würde er sich nie mit ei- ner Lorgnette zeigen, Brillenträger kämen ihm gar nicht zu Gesicht. Er wollte sich nicht durchschauen lassen. Christ und Gnändinger ließen Riemer reden. Und als sie merkten, dass viel Neues nicht mehr auf dem Plan stand, verabschie- deten sie sich, gingen zurück zu ihrer Bleibe und ließen

Riemer, der froh war, seine seelische Bürde losgeworden zu sein, stehen. Sie wussten nicht, was sie in Weimar noch sollten, jetzt wo Goethe so weit weg war. War denn ihr Auftrag erfüllt? Sie wollten mehr über den Roman herausbringen, Riemer hatte irgend etwas von „Wahlverhältnissen" erzählt. Vielleicht wusste Frau von Stein mehr.

Goethe war also weg. Ohne Goethe war Weimar leer. Es schien, als hätte es die ganze Stadt mitbekommen. Sogar der Nachtwächter blies abends trüber in sein Horn. Auf dem Markt wirkte das wenige Frühlingsgemüse auch trüb und verwelkt. Ja, Weimar war tot ohne Goethe. Selbst Carl August hatte es gemerkt. Es war Donnerstag, der 12. Mai 1808, und es regnete in Weimar, erst am Nachmittag wurde es ein wenig hell. Christ und Gnändinger beschlossen, noch ein paar Tage in der Stadt zu bleiben und dann Goethe hinterher zu reisen. Vorerst aber machten sie den geplanten Besuch bei Charlotte von Stein in deren großen, graugestrichenen Wohnhaus an der Ackerwand, das einmal ein Pferdestall gewesen war und das Goethe für sie eingerichtet hatte. Sie wurden in den Salon gebeten, und Frau von Stein, mit gewaltiger Empathie und Intuition begabt, hatte längst gespürt, dass die beiden wegen Goethe gekommen waren. Dass sie bei Goethes Abendgesellschaft gewesen waren, öffnete ihnen schnell die Pforte.

„Er hat mir selbst das öde Steinreich nahegebracht", sagte sie ohne dass die beiden sie direkt danach gefragt hatten. Dann aber erzählte sie von ihrem Herzenssohn Fritz, der 1807 im belagerten Breslau eingeschlossen gewesen war. Goethe hatte ihr etwas von seiner Farbenlehre gegeben, die sie „eine trockne Unterhaltung" nannte. „Wenn jemand sich mit so etwas auseinandergesetzt hat", fuhr sie fort, „so ist einem diese Klarheit auch eine wohltuende Empfindung!"

Endlich nach Goethe befragt, begann sie: „Wenn Goethe nicht nach Weimar gekommen wäre … Wenn der Braunschweigische Leibarzt Zimmermann nicht gekuppelt hätte … Wenn keiner von uns beiden, Goethe und ich, die Silhouette des anderen gesehen hätte … Wenn man nicht Voraussagen an diese Silhouetten geknüpft hätte … Wenn die Kutsche im Novemberschlamm steckengeblieben wäre, die ihn nach Weimar brachte … Wenn mein Mann aufmerksamer gewesen wäre … Wenn er sich nicht zu sehr in den Hofdienst hätte einspannen lassen … Wenn Goethe und ich vorsichtiger gewesen wären … Wenn die Herzoginmutter ihn nicht auch geliebt hätte … Wenn wir uns nicht am 11. November 1775 in unserem Stadthaus gegenübergestanden hätten … Wenn er im Dezember 1775 mich nicht auf meinem Wasserschloss in Kochberg besucht hätte … Wenn ich nicht durch und durch zermürbt gewesen wäre … Wenn er meine zephyrhafte Leichtigkeit nicht für Liebe gehalten hätte … Wenn nicht die Zeit und die Langeweile das ihre getan hätten … Wenn er etwas mehr Erfahrung mit richtigen Frauen gehabt hätte … Wenn es den Werther nicht gegeben hätte … Und den Vierundzwanzigjährigen, der ihn schrieb: „Zwar weiß ich so gut als einer, wie nötig der Unterschied der Stände ist, wieviel Vorteile er mir selbst verschafft: Nur soll er mir nicht eben gerade im Wege stehen, wo ich noch ein wenig Freude, einen Schimmer von Glück auf dieser Erde genießen könnte." Und etwas später: „Die Thoren, die nicht sehen, dass es eigentlich auf den Platz gar nicht ankommt."

Charlotte von Stein sprach, als hätte sie es auswendig gelernt.

„Ihr beider Verhältnis soll ganz rein gewesen sein", sage Christ ein wenig taktlos.

„Das war es und das ist es", sagte Frau von Stein, „der Abschied war ein Donnerwetter. Aber das Donnerwetter in den Wolken ist nicht so fürchterlich wie das von Bonaparte auf der Erde! – Ihr beiden guten Kinder, dass euch alles so nahe geht, tut mir weh. Jetzt habt ihr alles gehört, was ich von Goethe und mir sagen kann. Alles andere vergrabe ich tief in meinem Herzen." Sie begleitete die beiden noch nach draußen, wo ihre Orangenbäume schon im Freien standen. „Kommt einmal im Sommer, dann trinken wir darunter unseren Tee."

Am nächsten Tag waren sie mit ihrem Landauer schon unterwegs nach Böhmen. Sie fuhren über Pößneck, Schleiz, Töpen, Zedtwitz, Schönach, dann im Böhmischen über Asch und Haslau bis Franzensbad. Ihre Reise dauerte drei Tage. Am vierten waren sie in Karlsbad. In den Herbergen gab es viel Schmutz und Ungeziefer. Ein Reisender brach sich in Schleiz ein Bein und bekam Fleckfieber. Aus Angst vor Ansteckung blieben sie dort nur eine Nacht. Saubere Kleidung war damals wichtiger als Körperhygiene. In den Herbergen konnte man seine Hemden waschen lassen, Läuse waren alltäglich. Die Bettlaken waren so feucht, dass sie sie am Ofen trocknen mussten. Erschöpfung, Schmerzen? – Ein Medicus in ihrer Herberge empfahl Seerosensirup. Er empfahl ihnen außerdem noch Mäßigung und Selbstbeherrschung: Sowohl bei Tisch wie auf dem Lager. Aber daran hielten sie sich nicht.

Die böhmischen Bäder Franzensbad, Karlsbad oder Teplitz waren damals das Zentrum der eleganten Welt. Alles was reich und schön war oder Rang und Namen hatte, traf sich dort. Viele, auch Goethe, hielten sich monatelang in den Badeorten auf, ohne Sehnsucht nach der Heimat zu haben. Denn als Kern der Gesundheit galt damals die Verdauung. Goethe berichtete Christiane in Weimar umständlich von seinen Verrichtungen. Man trank viel von dem Brunnenwasser. Überall standen kleine Toilettenhäuschen. Christ und Gnändinger stiegen in Karlsbad in den Drei Mohren ab, wo auch Goethe wohnte. Das freie Leben, wo jeder mit jedem ins Gespräch kam. Leute aus anderen Schichten konnten dort gar nicht logieren. Goethe hatte sie nach ein paar Tagen bemerkt und grüßte sie freundlich.

Für Goethe gehörte eine „Liebeley" mit zur Badekur, obwohl er zu Hause Frau und Sohn hatte. Und jetzt, nachdem man Minchen aus seinen Augen gebracht hatte, entzündete ihn die zweiundzwanzigjährige Sylvie von Ziegesar. Seit dem 8. Juni wohnte im Weißen Hirsch deren Vater, der Sachsen-Gothaische Minister Friedrich Karl von Ziegesar, der bloß drei Jahre älter als Goethe war. Mit seiner Tochter Sylvie hatte Goethe schon früher korrespondiert, und an den Herzog hatte er geschrieben, dass er einmal das „Ziegesarsche Blut" probieren wolle. Ein Porträt zeigt ihr längliches Gesicht, nicht unbedingt hübsch, aber schön dekolletiert, und ihre „Gestalt" wurde von allen Badegästen und Freunden des Hauses gerühmt. Goethe mochte junge Frauen, die er schon als Kind gekannt hatte. Da fiel es auch leichter zarte Bande zu knüpfen und sich vom würdigen älteren Herrn in den jugendlichen Liebhaber zu verwandeln. Er hatte dort also ein junges, schlankes, wenn auch nicht unbedingt hübsches Mädchen, das auf ihn wartete. Junge unerfahrene Mädchen gaben sich gern mit Prominenz ab, weil das schmeichelte. Dieses Mädchen hatte vollberechtigten Zugang zu dem genialen Jenaer Kreis gehabt und war die Geistesriesen gewohnt. Goethe erzählte ihr auf ihren langen Wanderungen von seinen Romanen und wies sie ein wenig ins Steinreich ein. In seinem großen Gedicht nannte er sie „Tochter, Freundin, Liebchen". Die Verwandten werden aufgepasst haben, dass sich die beiden nicht zu nahe kamen. Aber sie machten mindestens dreißig gemeinsame Ausflüge, auch allein. Goethe sagte allen jungen Mädchen den gleichen Satz: „Die naive Sinnlichkeit der Alten ist ohne Tadel, denn sie ist nicht im Widerstreit mit Natur und einem Gesetz. Was sie will, das glaubt sie wollen zu dürfen, und hat darin kein Arges." Auch Riemer sagte diesen Satz oft zu den Auserkorenen. Christ und Gnändinger sahen, dass jetzt auch Riemer ein Mädchen hatte. Er sagte ihnen auf der Treppe, das Sirenerl, mit dem er jetzt große Conversation aus dem Fenster halte, mache sich jedesmal den Spaß, von der Alm zu singen. Das Mädchen hielt sich sogar eine eigene Kutsche und fuhr Riemer spazieren.

Das Gespräch auf der Treppe hatte sich ausgedehnt und war in der Wirtschaftsstube fortgesetzt worden. Riemer erzählte viel von sich. Und jeder von den Dreien goss ein Glas Melnicker herunter, auch Charlotte sagte nicht nein. Riemer war offenkundig froh, dass er endlich Zuhörer hatte. Geboren in der kleinen Stadt Glatz, fünfzig Meilen südlich von Breslau, durch seine Festung berühmt, kam er mit dreizehn Jahren auf das Breslauer Magdalenen-Gymnasium, wo man seine Begabung sogleich erkannte. Goethe hätte ein deutsches Gymnasium nicht durchgestanden, sagte Riemer. Nach dem Abitur begann er ein Studium der Philologie in Halle. Er habe damals schon schöne Gedichte geschrieben: „So recht das innre Herz möcht' ich ihr zeigen" und „Wenn aus der tiefen Nacht der Wimpern Säume". Erst Goethe habe zu erkennen vermocht, dass er, Riemer, begabt sei, aber gleich begonnen, diese Begabung für sich auszuschöpfen. Jetzt schon drei Jahre. Das Mädchen, dem Goethe den Hof mache, sei, vom Alter her, eher für ihn, Riemer, bestimmt. Aber er sei kein Geheimer Rat. Er erzählte seinen Lebenslauf weiter. Kurz Dozent in Halle, dann Hauslehrer in Rom bei Wilhelm und Caroline von Humboldt. Caroline habe es ihm angetan. Diese freie Ehe, und wie ihm das Herz dabei herausgetrieben worden sei. Diese Frau habe herausgefordert. Aber Goethe praktiziere diese Form der Ehe ja auch. Er brauche das, um schreiben zu können. „Ich verlor mich oft im Träumen und wähnte mich in ihren Armen", fuhr er fort. Christ und Gnändinger sahen, dass diesen Mann alles erregte, schon Worte, die nur einen sexuellen Nebensinn haben konnten. Goethe hatte die gleiche Attitüde, war nur beherzter und beherrschter. „Nur einmal mit Caroline zusammen, und ich wäre lebenslang gesund geblieben", fuhr er fort. „Und jetzt dieser Roman, da geht es genauso zu wie in meinem Inneren. Ja, vielleicht hat mein Inneres sogar den Anstoß gegeben. Kennen Sie das Prinzip der kommunizierenden Röhren von Pascal? So ist es mir mit Goethe ergangen. Seine Sorgen, Intrigen, Lüsternheiten und Capricen füllten mich in gleicher Höhe aus. Ja, ich habe sogar einen Teil der Wahlverwandtschaften geschrieben. Viel am zweiten Teil! Goethe dominiert einen bis in die Kapillaren. Man

muss das tun, allein durch seine Nähe. Er nimmt sich, was
er will, auch auf Umwegen. Er ist zwar nur Lizentiat der
Rechte und kein Doktor, aber seine Mutter hat ihn nicht
ohne Grund Doktor Wolf genannt!"

In Böhmen

Jetzt hatten sie es. Goethe
schrieb an einem Roman. Damit wäre Cottas Auftrag erledigt. Aber sie fühlten sich zu wohl hier in Karlsbad. – Es
hatte sich herumgesprochen, dass Sylvies Eltern Goethes
Verbindung mit ihrer Tochter zu eng wurde und dass sie
deshalb ins benachbarte Franzensbad wollten. Goethe
würde sicher auch dorthin gehen! Das war ihnen klar,
nachdem er mit ihr hinauf zur Andreas-Kapelle und weiter
bis zur Kirche Immaculata Conceptio gewandert war. Das
waren symbolische Orte. Ob er sie berührt hatte? – Riemer
fing an zu schluchzen. Sie würden Cotta nichts schreiben,
der wusste vielleicht, ganz sicher, Bescheid. – Sie würden
so tun, als hätten sie nichts in Erfahrung bringen können
und Goethe nach Franzensbad folgen. Das würde ein schöner Sommer, vielleicht auch ein schöner Herbst werden.
Hatte Goethe sich, durch seine Lebensleistung, nicht das
Recht auf junge Mädchen erworben? Charlotte sagte es zu
Christ, und der sagte nichts, wurde nur nachdenklich. Sie
notierten sich die Tage, an denen Goethe mit Sylvie unterwegs war.

Nach dem Gespräch mit Riemer gingen sie zum Sprudel und stellten fest, dass die Quelle aus ihrem Bett getre-

ten war und aus dem Fluss selbst stark hervorquoll. Mit Sandsäcken, Moos, Balken, Steinen und Klammern hatte man versucht, den Strom wieder zum Schweigen zu bringen. Aber sie konnten doch in aller Ruhe trinken und später eines der kleinen Toilettenhäuschen besuchen, bevor sie zurück zu den Drei Mohren gingen und ihr Abendessen einnahmen.

Am Dienstag, dem 21. Juni 1808 war Sylvies dreiundzwanzigster Geburtstag. Goethe feierte ihn mit der ganzen Ziegesarschen Familie, mit Frau von Eybenberg, einem seiner „Äugelchen", Frau von Seckendorf und Demoiselle Gotter, die später die Frau des Philosophen Schelling werden sollte. Neun Tage später zogen Ziegesars nach Franzensbad.

Goethe hielt es aber ohne Sylvie nur acht Tage in Karlsbad aus. Es trieb ihn weiter westwärts, zu seiner jungen Freundin. Und nach einer Woche war er in Franzensbad, das er Franzensbrunn nannte. Im selben Haus untergebracht wie die Familie Ziegesar. Beide wohnten im Hause des Herrn Loimann. Franzensbad füllte sich immer mehr mit russischen und polnischen Aristokraten, aber auch mit Engländern und Gästen aus Sachsen, Thüringen, Böhmen, den österreichischen Ländern und vielen aus den Gebieten des Heiligen Römischen Reiches. Die Fülle und der Menschenreichtum dieses internationalen Badeortes beglückten Christ und Gnändinger. Frühmorgens, wenn sie zum Sprudel gingen, sahen sie schon Goethe mit Sylvie, diese in Egerländer Dirndltracht, zu einem ihrer langen Ausflüge aufbrechen. Riemer erzählte, dass die beiden Stunden, ja fast ganze Tage allein unterwegs waren. War es der tote Vulkan Kammerbühl, der Goethe so anzog? Riemer erzählte auch, dass Goethe ihm ein neues Gedicht in Stanzen vorgetragen habe, in dem das männliche Versagen in den Armen eines schönen, willigen Mädchens geschildert wird. Goethe hat in seiner Novelle der Mann von fünfzig Jahren noch stolz von seiner Vigor gesprochen. „Das sind aber alles nur Mutmaßungen", sagte Riemer. „Es gab Konflikte und Unbilden, vor allem mit den Eltern. Es war manches auszugleichen und am Ende zu überwinden. Das Leben ist doch von der Klugheit der Älteren immer angeordnet, von der Leidenschaftlichkeit der Jüngeren am Ende doch geformt." Dieser Satz sagte ihnen viel. Sylvie würde vier Jahre später den Archidiakonus Koethe heiraten und viele Kinder bekommen. Ein Jahr nach diesem Sommer schrieb die Malerin Luise Seidler über eine Begegnung zwischen Sylvie und Goethe im Hause des Rentamtmanns Kaiser: „Sie flog an seinen Hals, dass ich glaubte, die beiden Arme könnten ihn erdrosseln." Zwischendurch, auch das steckte ihnen Riemer, diktierte er die Wahlverwandtschaften so gut wie zu Ende.

Goethe schickte Sylvie Zucker, Schokolade und Oblaten und schrieb: „Behalten Sie auch etwas Freundlichkeit für mich zurück, dass ich nach all dem Lieben nicht leer ausgehe." „Das Wasser bekommt mir wohl", sagt er zu Riemer. Für Christiane in Weimar holt er ärztlichen Rat gegen ihre Unterleibsbeschwerden ein und schreibt ganz offen: „Fräulein Sylvie ist gar lieb und gut, wie sie immer war, wir haben viel zusammen spaziert." Riemer erzählte ihnen morgens beim Brunnentrinken alles. Goethe machte Ausflüge mit der ganzen Ziegarsarschen Familie. An Frau von Eybenberg schrieb er: „Was haben Sie gesagt, liebe Freundin, dass ich Ihnen entsprungen bin. Eigentlich bin ich entführt worden und werde jetzt gehalten. Das frische Geistige hier bekommt mir wohl innerlich und äußerlich." – Der nächste Ausflug ging von Franzensbad nach Eger. Er sah das Münzkabinett von Huß, war mit Sonnenuntergang zurück und spazierte mit Sylvie und ihrer Familie ins Bosket. Am nächsten Tag dorthin mit Sylvie allein. Riemer hielt sich, bei gleichem Stand der kommunizierenden Röhren an sein jodelndes Mädchen. Abends wurde Sylvie krank. Es war wohl der kommende Abschied. Ihre Krankheit hielt ein paar Tage an. Riemer erzählte ihnen, dass Goethe ihm in sein Tagebuch diktiert habe: „Mit Sylvie verschiedenes durchgesprochen." – Dabei ging es wahrscheinlich um ernste Dinge! – Eine Heirat? Aber Goethe hatte ja zwei Jahre zuvor Christiane geheiratet! – Eine gemeinsame Zukunft? „Mit Sylvie hinter den Häusern spazieren!" stand im Tagebuch. Er suchte Seitenwege. Er las Sylvie aus dem Tasso vor, in dem er sich so tiefsinnig mit Frau von Stein auseinandergesetzt hatte. Christiane erhielt immer wieder briefliche Gesundheitsratschläge gegen ihr „Unterleibsübel", an dem sie schließlich sterben sollte. Goethe zog sich wieder nach Karlsbad zurück. Warum eigentlich? „Ich war in Gedanken bei Ihnen", lautete sein Brief, von Riemer sogleich wieder mitgeteilt, „und merkte nicht, dass es fortging; endlich schlief ich abwechselnd und das liebe längliche Gesichtchen war mir mit aller seiner Freundlichkeit und Anmut gegenwärtig, von dem rundlichen war gar nichts zu spüren." – Mit dem „rundlichen" war Christiane gemeint.

Riemer hatte ihnen erzählt, dass sich Goethe mit Scheidungsgedanken trage. Hatte er später mit vierundsiebzig Jahren nicht eine Achtzehnjährige gefreit? „Morgen geht

Goethe in die Maria-Magdalenen-Kirche in Karlsbad zur katholischen Beichte", hatte Riemer erzählt. Und am Sonntagabend um sechs Uhr abends saßen Christ und Gnändinger auf den Bänken unmittelbar neben dem hölzernen Beichtstuhl. Die Barockkirche mitten im Herzen des Karlsbader Kurviertels und in unmittelbarer Nähe des Sprudels zog auch Fremde an. Aber die Kirche war fast leer. Sie trug Merkmale des Hochbarocks, und als sie sich umsahen, erblickten sie ein schönes Altarbild, barocke Altplastiken und gotische Madonnenbilder. Im Untergrund gab es eine Begräbniskapelle. Goethe trug, jetzt im Sommer, eine lange, dunkle Mantilla, schlüpfte in den Beichtstuhl, und nach ein paar Minuten quoll es aus ihm heraus. Die beiden Lauscher hörten so gut wie alles. Seine Konflikte, seine Selbstquälerei und die Wahrheit, wie tief er sich in diese Liebesgeschichte verstrickt hatte. Ja, Sylvie war jung, aber war er alt mit seinen neunundfünfzig Jahren? – Die Luft wurde zäher und stickig. – Seine Gicht! – Wie konnte er sie verbergen? Bei irgend jemandem musste er sich ja aussprechen, dachte Christ, und wenn es ein katholischer Geistlicher war. Allein konnte er diesen Konflikt nicht durchstehen. Und wie sachlich, wenn nicht falsch, er an seine Frau geschrieben hatte. Die ahnte von all dem höchstens etwas, denn vor seiner Abreise nach Karlsbad hatte sie viel geweint und starke Eifersucht gezeigt. Zum Geburtstag hatte er ihr einmal drei Stück Seife geschenkt und dazu geschrieben: „Damit du dich auf deine Art mit mir freuen kannst." – Gewissenskonflikte waren ihm aus dem Pietismus vertraut, obgleich er heute ein Agnostiker war. Diese, so ernsthaft gewordene „Liebeley" trug ihn wieder zurück zu Lösungen, die eigentlich nur in seiner

Jugend Platz gehabt hätten. „Ich schicke ihr etwas", sagte er zu dem Beichtvater hinter dem Holzgitter, „ich muss etwas tun gegen diesen Verlust!" Hatte die Geistlichkeit etwas gegen Goethe tun wollen? fragte sich Christ plötzlich. Schließlich war der Vergiftete ein Mönch gewesen. Ob der versehentlich aus der vermaledeiten Flasche getrunken hatte? – Goethe stöhnte jetzt im Beichtstuhl: „Ich schicke Ihr ein Fläschchen Kölner Wasser, ein Schächtelchen Franzmeirischer Pfefferminze, item eine Prise Tee, ferner andere getrocknete Pflanzen. Damit sage ich tausendmal Adieu! Ich begreife nicht, wie ich von Franzensbad weggehen konnte!" – Sie hörten, wie der Beichtvater etwas murmelte, dann kam Goethe aus dem Beichtstuhl, ohne sich umzublicken und ging schnell zu seinem Quartier. Christ und Gnändinger waren jetzt nicht mehr auf Riemer angewiesen. Sie hatten eine kleine, schlaue, dicke Person ausgemacht, die ihm Haus die Zimmer herrichtete. Goethe fing früh um sechs Uhr an, an den Wahlverwandtschaften zu diktieren, und Christ und Gnändinger waren sich ganz sicher, dass das Werk auch bald fertig werden würde. „Es traf gar vieles zusammen, das uns an die vorigen Zeiten erinnerte, das heiße Wetter und meine Trauer, die man in Zwischenzeiten nicht von mir gewohnt war", schreibt er an Sylvie. An Cotta hatte er Riemer, der ihnen am Brunnen davon erzählte, diktiert: „Diesmal habe ich meine Muße und meinen Humor genutzt, um einen Roman zu endigen, der wohl ein paar niedliche Bändchen füllen möchte. Indem ich ihn vorlas, konnte ich auf künftige gute Aufnahme hoffen."

Eigentlich war damit Cottas Auftrag zu Ende. Und der Unternehmer schrieb ihnen, sie mögen doch nach Stuttgart oder Tübingen zurückkehren. Auch brauche er den Landauer für sich selbst. Sie schrieben Cotta, sie hätten Lust, noch einige Zeit in Karlsbad zu verweilen. Er habe doch bestimmt von dem toten Mönch gehört, und sie machten sich anheischig, das Rätsel zu lösen. – Wie war das Gift in die Sprudelflasche gekommen? – Hatte die Geistlichkeit damit mitgewirkt? – War der Mönch langsam oder schnell vergiftet worden? – Wem galt das Gift? – Am Mönch Casper konnte niemand Interesse gehabt haben. Sie ließen sich die Abfüllanlage für das Karlsbader Sprudelwasser zeigen, das sich hier Egerwasser nannte, nach dem Fluss, der durch Karlsbad fließt. Das Egerwasser kam eigentlich aus Franzensbad und kam mit dem sogenannten „Franzensbader Krugfuhren" auch nach Weimar. – Goethe hatte in ganz Europa viele Neider.

Der tote Mönch ließ Christ und Gnändinger keine Ruhe. Vor allem weil Christ selbst in Verdacht geraten war. Man hatte den Reiseweg des Mönchs zurückverfolgt. Riemer hatte es ihnen erzählt. Goethe war von Weimar aus informiert worden. Der Mönch kam aus Rom. Vielleicht wusste Riemer etwas mehr, der ja zur gleichen Zeit der Hauslehrer von Humboldts Kindern in Rom gewesen war. Auf irgendeiner Ebene muss er sich auch mit Caroline von Humboldt gut verstanden haben. Die dachte freizügig, und ihr Mann, der selber oft ins Bordell ging, erwartete gar nicht, dass sie ihm immer treu war. Hatten die Humboldts etwas gemerkt? Hatte der Mönch Casper Kontakt mit der Familie? Inzwischen hatte Riemer erfahren und es Christ und Charlotte mitgeteilt, dass das Arsen in der Sprudelflasche nicht unbedingt den Tod des Mönchs bewirkt haben könne. Wann und wo war der Mönch vergiftet worden?

Christ war jetzt jedenfalls außerhalb jeden Verdachts. Aber er fühlte sich bei seiner Ehre gepackt, diesen Fall, der ihn bei der Weimarer Polizei in ein solches Zwielicht gebracht hatte, aufzuklären. Christ war wütend, und Charlotte Gnändinger war es auch.

Leben am Sprudel

Riemer konnten Charlotte und Christ jeden Morgen zusammen mit seinem Meister und dessen Anhang am Sprudel treffen. Riemer war ganz verliebt in Charlotte und machte ihr „Äugelchen", wie sein Meister es nannte. Wenn sie sich an der Quelle trafen, versank sein Hals noch tiefer im Kragen seines Bratenrocks, und seine Glubschaugen glänzten. Ja, Goethe diktiere an den Wahlverwandtschaften wie eine Dampfmaschine. Er habe das Manuskript so schnell geschrieben, um keinen fragmentarischen Eindruck zu hinterlassen. Der Herzog Carl August sei jetzt in Teplitz, wohin Frau von Eybenberg gehe. Die zarten Lippen und die spitze Zunge dieser Freundin könne eine weitbessere Schilderung der Karlsbader Zustände liefern als seine Feder. Der Meister kontaktiere immer noch Doktor Kapp wegen Christianes Unterleibsübel. Die Wahlverwandtschaften dehnten sich immer weiter aus, der Stoff war allzu bedeutend und auch allzu tief in Goethe gewurzelt. Das neue Buch drücke das schmerzlichste Gefühl der Entbehrung aus. Der Herzog von Gotha, der auch im Bad sei, habe ihm gesteckt, dass ihm das Seltsame, damit meinte er Goethe, fast mehr als das Böse zuwider sei.

Riemer war offen und ehrlich und hatte, in den vielen Stunden am Sprudel, Vertrauen zu Christ und Gnändinger gefasst. Über ein Benefizkonzert am Dienstag, den 2. August 1808, habe Goethe gesagt, das sei die Art von Mittelsalz, womit die moderne Welt ihre Pflicht und Vergnügen zugleich abführt, damit ja alles recht kurmäßig geschehen möge. Der Meister schreibe viel an Fräulein Sylvie, „und", sagte Riemer und machte mit den Augen ein Ausrufezeichen, „ich habe eine Idee zu dem toten Mönch!" Am Ende habe der die Flasche selbst gefüllt und sie schließlich verwechselt. Sie war auf jeden Fall für Goethe bestimmt. Der Meister hatte so viele Neider und Missgünstige ... die jungen Dichter, die jetzt hochkamen, eingeschlossen. Goethe sei einfach unglaublich. Und er, Riemer, hätte sich ihm, mit seinem Talent, nicht untergeordnet, wenn er das nicht wüsste. Er sei ein Intellektueller, Goethe sei keiner. Christ und Gnändinger zogen Riemer jedesmal in ein längeres Gespräch. Christ führte es wie ein Seelenarzt. Er erkannte sogleich die Seelennot dieses begabten Mannes, auch seine unglückliche Hinwendung zu den Frauen. Da tat er es, zumindest zeitweilig, dem Meister nach.

Riemer erzählte von seiner unglückseligen Zeit als Hauslehrer bei Humboldt, wo er sich in Rom in dessen Gattin Caroline verliebt habe, die mit ihrem Mann eine mehr als offene Ehe geführt habe. Schön sei sie nicht gewesen, aber von einer unglaublichen Ausstrahlung und Anziehungskraft. Ihr ernstes Gesicht, ihre schöne und fleischige Gestalt hätten ihn aufs äußerste beeindruckt. Er habe damals noch nie mit einer Frau zu tun gehabt. Hätte er, dann hätte sie alle seine Wünsche erfüllt. Die erste habe sie nicht sein wollen. „Ich muss nervenkrank sein, denn es ist unglaublich, wie leicht ich verstimmt werde", fuhr er fort. Einmal, in einem Augenblick schrankenloser Selbstvergessenheit, habe er sein Gesicht zwischen ihre Schenkel gepresst, sich aber gleich wieder besonnen. Caroline habe gesagt, er, Riemer, lasse sich vom Eros leiten. „Nur einmal", sagte Riemer, „und ich wäre lebenslang gesund gewesen!" Humboldt habe seine Entgleisung nachsichtig hingenommen. Es sei aber leichter, ganz zu entbehren als nach dem Genuss. Jetzt müsse er aber wieder zurück zum Diktat ins Quartier. Christ sah, dass er einen nach innen gewendeten, begabten Mann vor sich hatte, und bat ihn, ihm und Charlotte, wenn er nicht am Brunnen sei, doch hin und wieder einen Brief zu schreiben. Riemer versprach es und wandte sich weg. Er hatte nicht gewusst, dass eine Frau wie Caroline, die mitten in ihrer weiblichen Blüte stand, mehr Begierde erregte als ein junges Ding ohne Erfahrung. „Ich muss beständig die Vernunft walten lassen", hatte er gesagt, „ dass das sinnliche Wohlgefallen nicht über das geistige gewinne."

Riemer kam jetzt nicht mehr so oft zur Quelle. Seinen ersten Brief erhielten sie Mitte August. Er schrieb, dass Goethe viel an Sylivie denke und ihr oft schreibe. Ihren Name habe er am Fensterposten eingeritzt. Auf seiner Rückfahrt nach Weimar wolle Goethe sie in Drackendorf besuchen. „Blicken Sie Ihre Burg, Ihr Dörfchen, Ihre Vögel und Blumen in meinem Namen freundlich an", schrieb Goethe. Er sehne sich nach ihrer schlanken, weißen Gestalt. Riemer schrieb auch viel von sich. Von seinem Kummer, seiner Frustration, die er sich der Subordination unter

Goethe verdanke. Und ab und zu schrieb er auch ein paar Zeilen über seine Herkunft. Ob sie sich Glatz vorstellen könnten? Ein völlig verkommener Ort, aus dem man nur hätte flüchten können. Wer hat schon was vom Eulen- und Wartlagebirge gehört? Oder vom Glatzer Schneegebirge? Dort geboren zu sein, bedeute eigentlich schon den Untergang, den er mit seinen Mitteln verhindert habe. Mit der Philologie! – Immer abhängig von Menschen, die seine Begabung erkannten und die ihm etwas zufließen ließen. Berühmt ist das Städtchen Glatz allein durch seine Festung. Eigentlich sei er ein Slawe. – Das Studium der Philologie, nun ja! – Aber damit könne man nicht berühmt werden wie sein Meister, nicht einmal sein bürgerliches Auskommen finden. Da habe er am Magdalenen-Gymnasium in Breslau bessere Lehrer gehabt. Bei seinem Studium in Halle habe er sowieso alle übertrumpft. Irgendwann werde er einmal als berühmter Mitlebender dieser drei Städte in die Geschichte eingehen.

Christ war sich inzwischen sicher, dass das Gift auch nicht für den Verstorbenen bestimmt war. Ein Dilettant musste es in die Sprudelflasche gefüllt haben, vielleicht sogar um eine falsche Spur zu legen. Wie war die Flasche überhaupt in den Besitz des Mönches gelangt? Der Kapuziner musste lange im Kloster in Ehrenbreitstein, auf der anderen Rheinseite von Koblenz, gelebt haben. Christ kannte das Kloster. Es lag nahe einem weitläufigen Platz, mitten in dem kleinen Städtchen Ehrenbreitstein. Er hatte dort einmal einen Auftrag für Cotta erledigt und ein längeres Gespräch mit dem Abt geführt.

Inzwischen trafen die Zettelchen Riemers immer häufiger ein. Ja, Goethe würde in sechs Wochen zurück nach

Weimar fahren, das sei sicher. Er wäre jetzt nur noch mit der Oberschicht zusammen. Der Herzog von Gotha, Polizeikommissär von Hoch, Kammerherr von Tümpling, er spreche viel über Ackerbau, Landeskultur und Ökonomie. Er gehe viel zum Dorotheen-Tempel, zum Berghäuschen hinter dem Säuerling, bis zur Prager Straße am Wirtshaus vorbei. Auf den Höhen der sächsischen Wiese und zurück. Christ und Gnändinger freuten sich über die weitläufigen Schilderungen, aber sie konnten wenig damit anfangen. Goethe hatte den Roman also fast fertig, damit war ihr Auftrag bei Cotta beendigt. Die Farbenlehre würde den Verleger als lukratives Geschäft kaum interessieren. Aber sie hätten sich gerne auf die Spur des Mönches Casper gemacht, dem Christ verdankte, in Weimar im Polizeigefängnis gesessen zu haben. Sie beschlossen, noch eine Weile in Karlsbad zu bleiben und es sich gut gehen zu lassen. Der Brunnen bekam ihnen auch gut. Riemer kam jetzt manchmal allein zum Brunnen und erzählte viel. Die Fürstlichkeiten und Berühmtheiten, mit denen Goethe in Karlsbad umging, könne man gar nicht aufzählen. Am Tag mindestens zehn. Christ und Gnändinger fragten sich, wie Goethe überhaupt zum Schreiben kam, angesichts der vielen gesellschaftlichen Verpflichtungen und Gesprächen mit Freunden aus dem In- und Ausland. Er hielt Hof, hier in dem böhmischen Bad. Er war ein kleiner Minister mit europäischem Format. Er war fast ein Diplomat. Nein, er war einer, dachte Christ! Goethes Beklemmungen nach Sylvies Abreise hatten nicht lange gedauert. Christ und Gnändinger wunderte das, nach allem, was sie gesehen und gehört hatten. Goethe tröstete sich mit seinen „alten Äugelchen“, Pauline Gotter, Frau von Seckendorf und besonders Frau von Eybenberg, die er dem Herzog Carl August, der auch ins Bad kam, empfahl.

„Sieh dir doch mal Riemers Handschrift an", sagte Charlotte zu Christ, „das ist eine Gelehrtenschrift. Die Unterlängen verraten das Tierische, die Mitte steht für das Praktische, und die Oberlängen für die geistigen Interessen. Die Handschrift ist verbunden, was immer ein gutes Zeichen ist. Die Unterlängen sind offen für das Unbewusste, wobei ein paar linksläufige Greifzüge nicht zu übersehen sind. Die Verbindungen zwischen den Buchstaben sind intelligent und klar und gehen die kürzesten Wege. Die Schrift ist rechtsläufig, also gut und vorwärtsbewegend. Ab und zu wird die Schrift fadenförmig, was Innerlichkeit und Labilität bedeutet."

„Wie kommst du zu dieser Deutung?" fragte Christ, „Da steckt sicher auch viel von dir selbst drin."

„Natürlich, aber sieh dir dagegen mal Goethes Handschrift an, noch vorwärtsbewegter als Riemers. Eigentlich eine Persona-Schrift, die ihr wahres Ich verbergen möchte. Die Schnelligkeit lässt aber doch die Individualität hervortreten. Die bogenförmig nach links geöffneten Unterlängen lassen das starke Übergewicht des Unbewussten hervortreten. Die Schrift ist auch sehr dekorativ, trotz ihrer starken Rechtsläufigkeit und Vorwärtsbewegung. Riemer ist der Erkenntnishungrigere."

„Du bist eine gute Symbolkundlerin", sagte Christ, „ich habe das Gefühl, die inneren Gegensätze brechen bei beiden durch. Das Männliche und das Weibliche als gegengeschlechtliche Seelenbilder."

„Die Polarität von männlich und weiblich offenbart sich in der Handschrift in unendlich vielen Formen", sagte

Charlotte, „für viele Menschen bedeutet dieser Gegensatz in sich kein Problem, bleibt aber völlig unbewusst. Die schöpferischen Kräfte überwiegen bei Goethe. Ich denke, wir können uns auf Riemer mehr verlassen als auf den Jahrhundertdichter. Riemers Handschrift drückt Innerlichkeit und Vernunft aus, die Goethes Schönheit und Kraft. Goethe ist ein Mann, der zwischen zwei oder drei Frauen schwankt und sich zu keiner Entscheidung durchringen kann. Das wird sein Leben lang anhalten. Die beiden Männer sind zwei grundverschiedene Archetypen, die sich gefunden haben, um die Kraft des einen zu vergrößern. Riemer weiß das. Er weiß aber auch, dass er allein keine Chance hätte, etwas Ruhm abzubekommen. Hier ist übrigens ein Brief von ihm." Sie nahm noch einmal den Briefbogen mit der daherfliegenden Handschrift und ließ ihn auf sich wirken. Riemer schrieb in dem Brief, dass Goethe den Plan habe, ein Volksbuch deutscher Dichtung herauszugeben und dass er sich über Volksbücher überhaupt Gedanken mache. Die junge Frau des Kriegsrates Stein sei im Wochenbett gestorben. Nächstes Jahr wolle er mit Christiane nach Karlsbad kommen.

„Siehst du, er entscheidet sich nicht", sagte Charlotte zu Christ, „Riemers Zeilen bestätigen nur, was die Handschrift verrät. Goethes Handschrift ist dekorativ, Riemers Handschrift ist intelligent, aber er ist seinen Begierden hilflos ausgeliefert." Riemer schrieb weiter, jetzt blieben noch vier Wochen in Karlsbad, dann würde Goethe abreisen. Er trifft den jungen Theodor Körner und bewundert sein Talent. Abends zeichnet er, speist im Goldenen Schild mit Oberst von Breun, trinkt Tee mit Frau von Eybenberg. Das adlige Ambiente lässt ihn nicht los und schmeichelt ihm ungeheuer. Cottas Auftrag schien erledigt, aber über den toten Mönch hatten sie nichts herausbekommen. Ob irgendein Verrückter an der Abfüllanlage das Gift in die Flasche geschmuggelt hatte? – Ein Dilettant war der vorgebliche Mörder aber auf jeden Fall gewesen.

Der Herzog von Gotha, der auch in Karlsbad kurte, machte Goethe, der sich mit seinem Herzogsfreund so gut verstand, zu schaffen. „Beinahe scheinen Kapp und ich die einzigen, die sich nicht über ihn beschweren. Sonst bin ich Zeuge von ganz schonungslosen Späßen geworden, mit denen er Fremde so gut als seine eigenen Leute geschunden." Dann schrieb er an Frau von Eybenberg, die schon vier Jahre später sterben sollte – trotz Sprudel. Frau von Eybenberg residierte in Teplitz. Die Teplitzer Verhältnisse schienen Goethe „etwas kleinstädtischer zu sein als die Karlsbader". In langen Briefen mahnt er seinen Sohn August zu kleinen Reisen, einer sauberen Handschrift, gut komponierten Briefen und geologischen Beobachtungen. Und er plant tatsächlich ein lyrisches Volksbuch. Er scheibt Christiane, dass er ihr ein hübsches königsblaues Seidenkleid aus Leventine angeschafft habe, dass er Schokolade mitbringe und vierzig kleine Flaschen Egerwasser. Die Heimreise nimmt ihn immer mehr gefangen. Er ist in Gedanken schon fast zu Hause. Christ und Gnändinger erfuhren das alles aus Gesprächen und Zetteln Riemers und überlegten, wie sie weitermachen sollten.

„Cotta wird uns kein Geld mehr schicken", sagte Christ, „du fährst mit unserem Landauer Goethe hinterher nach Weimar. Ich bleibe hier und versuche, den Sprudeltod aufzuklären. Am besten, du fährst schon morgen, dann gibt es keine Gerüchte, dass zwei Kurgäste gleichzeitig nach Weimar fahren."

Am Montag, dem 22. August fuhr Charlotte Gnändinger allein mit der Kutsche los. Sie steckte sich zwei Pistolen in den Gürtel, damit man sie als allein reisende Frau ernst nahm, und war am Donnerstag, dem 25. August in Weimar. Christ würde nach Goethes Abreise irgendwann mit der Post nachkommen. Charlotte fand die kleine Wohnung in der Marienstraße noch frei und nahm Kontakt zu Christiane auf.

Ein Nebenbuhler

Christ war in Karlsbad auch zur Familie Loimann gezogen und konnte Goethe so beim Mittagessen beobachten. „Der Charakter ruht auf der Persönlichkeit, nicht auf dem Talent", hatte Goethe gesagt und: „Nimmt man das Willkürliche aus dem Leben, Handeln und Verfahren hinweg, so hat man das Beste hinweggenommen." Am Dienstag, dem 30. August fuhr Goethe die kurze Strecke nach Franzensbad und war gleich früh am Brunnen, gefolgt von Christ, der sich gleich mit der Freundin Goethes, Madame Eskeles, ins Benehmen gesetzt hatte. „Ewiges Schwanken der Nachrichten und des Interesses", schrieb Goethe ins Tagebuch. Er las Fichtes „Über Machiavelli als Schriftsteller" und dessen Reden an die deutsche Nation. Am Abend kam Goethe darüber mit Christ ins Gespräch. Christ merkte, wie sehr Goethe, trotz seiner Bewunderung Napoleons, Angst vor dessen Kriegspolitik hatte. Am Samstag, dem 3. September 1808 wurde er von Goethe zu einem Spaziergang mit dem üblichen Freundeskreis eingeladen. Er fand Frau von Eskeles die interessanteste von allen Goethes Freundinnen.

Am Montag, dem 12. September fuhr Goethe morgens um sechs Uhr von Franzensbad zurück nach Weimar. „Dein Vater ist recht wohl aus dem Bad gekommen, schmal und sine Bauch. Er bewegt sich viel leichter", schrieb Christianes Bruder an Goethes Sohn August. Am Dienstag, dem 15. September traf sich der Geheimrat mit seiner Frau in Jena. Christiane wollte verhindern, dass er nach Drackendorf zu Sylvie fuhr. Zu Goethes Rückkehr nach Weimar hatten die jungen Weimarer Schauspieler die Treppen in seinem Haus mit Teppichen, Blumengebinden und Orangenlaub geschmückt. Verdüstert wurde der Tag allerdings durch die Nachricht vom Tod von Goethes Mutter, die achtundsiebzigjährig in Frankfurt gestorben war.

Christ war also in Franzensbad geblieben, und Charlotte sollte in Weimar ein paar Tage alleine forschen. Jetzt, wo Goethe wieder da war, konnte sie vielleicht doch etwas über seine künftigen literarischen Pläne herausbringen und Cotta etwas mehr berichten, als die Nachricht, dass die Wahlverwandtschaften so gut wie abgeschlossen waren. Sie erinnerte sich, wie intensiv Goethe damals versucht hatte, sie an sich heranzuziehen, auch dass sie die Eifersucht von Christiane und Caroline Ulrich, die jetzt als Goethes Gesellschafterin mit im Hause wohnte, auf sich gezogen hatte.

„Wo haben Sie Ihren Mann gelassen?" fragte Goethe beim Mittagessen am Frauenplan, wohin er Charlotte eingeladen hatte. Sie saßen mit Demoiselle Ulrich, Christiane und Riemer zu fünft am Tisch im kleinen Esszimmer.

„Er hat das gleiche Unterleibsübel wie Ihre Frau", sagte Charlotte, „und bleibt noch ein wenig in Franzensbad. Nein, ich glaube, er wollte wieder zurück nach Karlsbad gehen, dort hat es ihm besser gefallen."

„Karlsbad ist die große Welt", sagte Goethe, „man kann dort viel für die nähere und künftige Bildung tun. Auch in politicis ist Karlsbad nicht schlecht. Man vernimmt viel und verkehrt in den höchsten Kreisen. Wollen Sie nicht heute Abend in meiner Loge im Theater zu Gast sein?"

Charlotte erwiderte, sie habe große Lust, aber eine Migräne halte sie vom Besuch des Theaters ab.

„Ich habe selbst Migräne", sagte Goethe, „und gehe dennoch hin. Tun Sie es mir nach und überwinden Sie sich."

„Meine Garderobe", sagte Charlotte.

„Ich schicke Ihnen etwas", sagte Goethe, „gleich in die Marienstraße, meine Frau und Caroline bringen das Kleid auf Ihre Maße."

Charlotte blieb nichts anderes übrig, als zu akzeptieren.

So saß sie am Abend im Komödienhaus an der Esplanade in Goethes Loge und harrte der Dinge, die da kommen sollten. Man gab Figaros Hochzeit, und als der Sänger „Figaro, Figaro" rief, spürte sie Goethes Hand auf der ihren. Sie zog ihre Hand vorsichtig weg, und Goethe tat, als habe er nichts bemerkt und zog seine Hand seinerseits zurück. Nach der Vorstellung brachte er sie mit einer Handlaterne in die Wohnung in der Marienstraße. Es waren ja nur wenige Meter. – Im Zimmer dachte Charlotte, dass sie noch einmal davongekommen war. Aber Goethe würde nicht ablassen, das wusste sie aus Riemers Erzählungen über Minchen und Sylvie. Sie war, jetzt, wo sie allein in Weimar war, in Goethes Bannkreis geraten, dem sich, wie magisch, niemand in der Stadt hatte entziehen können. Sie beschloss, einmal Frau von Stein zu besuchen und auf unbestimmte Weise zu erkunden, wie die sich in der Anfangszeit Goethe vom Leibe gehalten hatte.

„Es ist nichts", sagte Frau von Stein, „seine Hand auf Ihrer Hand will nichts besagen. Es ist vielleicht noch nicht einmal ein Annäherungsversuch gewesen. Es ist ein Ausdruck seiner Natur."

Frau von Stein räusperte sich und nahm einen Schluck aus ihrer Tasse Schokolade. Charlotte Gnändinger hatte auch eine Tasse vor sich stehen hatte.

„Es ist die Gleichheit unserer Namen, die ihn anzieht", sagte sie, „Was zieht Sie überhaupt in sein Umfeld?"

Nun erzählte Charlotte, die sich auf ihren inneren Kompass unbedingt verlassen konnte, von Cottas Auftrag, von Christ, der in Karlsbad geblieben war und von dem toten Mönch Casper, dessen Vergiftung Christ in Karlsbad noch nachforsche.

„Sie haben einen guten Mann", sagte Charlotte von Stein, „aber eilen Sie, sich ehelich zu verbinden. Weiß der geheime Rat, dass Ihr Freund in Karlsbad ist? – Er hat dort viele Drähte und könnte ihn dort lange festhalten." Darüber erschrak Charlotte Gnändinger, denn sie hatte Goethe ganz vertraulich von Christs Verbleib in Karlsbad erzählt. Aber dass Goethe versuchen würde, sie hier in Weimar zu isolieren, glaubte sie doch nicht.

Charlotte von Stein zeigte ihrer Besucherin das weitläufige Haus, das Goethe für sie komplett eingerichtet hatte, als die Verbindung noch gut war. Im Erdgeschoss hatten sich damals Pferdeställe befunden. Jetzt war dort ein Chemielabor, in dem es oft brannte und zischte. Sie sagte Gnändinger, sie habe oftmals Angst vor einem Brand gehabt. Aber das Haus habe so nah an Goethes wechselnden Domizilen gelegen, dass sie gerne dort eingezogen war. Einmal habe es sogar eine versteckte Verbindungstür zwischen Goethes und ihrer Wohnung gegeben. Sie sprach ganz offen und war sich offenbar auch völlig darüber klar, dass jeder über ihr Verhältnis zu Goethe Bescheid gewusst hatte.

Auch Christ war jetzt in Karlsbad in die feine Gesellschaft gelangt und genoss es. Das Leben hier war lustig, Fürsten und Prinzessinnen, mit denen man, bei diesem improvisierten Dasein, auf gleichem Fuße stand. Der Hochadel, Künstler und Frauen, die einander an Geistreichtum überboten. Christ badete, wie Goethe, zweimal am Tag in dem warmen Mineralwasser und trank zehnmal am Tag einen Becher Sprudel. Nicht so viel wie Goethe, er war ja nicht krank. Von dem toten Mönch hatte inzwischen jeder gehört, Goethe hatte für die Verbreitung der Nachricht gesorgt, die bei den Leuten für ein angenehmes Gruseln sorgte. Ihr Quellwasser vergiftet? – Daran glaubte keiner. Aber Christ spürte doch der einen oder anderen Kommunikationsspur nach, wurde aber immer mehr in das, was man dort das gesellschaftliche Leben nennen konnte, integriert. Er schrieb seinen ersten Brief an Charlotte nach Weimar: „Wie verläuft das tägliche Leben hier? Man steht um fünf Uhr auf, geht bei jedem Wetter zum Brunnen, spaziert, steigt Berge, zieht sich an, macht Aufwartung, geht in die Gesellschaft." Er lebte inzwischen schon fast wie

Goethe. Gleich neben dem Weißen Hasen hatte er sich in den Drei Roten Rosen eingemietet, wo vor über zehn Jahren auch Charlotte von Stein gewohnt hatte. Das Kurleben konzentrierte sich auf den „Springer", den „Neubrunnen" und den „Mühlbrunnen". Der Blick in diese große Welt, den Christ hier tat, hätte ihm Charlotte Gnändinger entfremden können, wenn er sie nicht so abgöttisch geliebt hätte. Es gab lustige Szenen zwischen den Badegästen, witzige Neckereien und unendlich viele Mystifikationen. Einmal wurde ein Prospekt der Göschen-Gesamtausgabe von Goethe unter den Kurgästen verteilt. Christ lernte Rahel Varnhagen, Friederike Brun und Marianne von Eybenberg kennen. Friederike Brun, die selbst schrieb, sprach nicht gut über Goethe. Er sei, so sagte sie, „Beobachter ohne Hoffnung und Glauben an reinen Menschenwert. Die Welt sieht er wie einen Guckkasten." Da wurde Christ doch ein wenig bange, dass er Charlotte so allein in die Nähe dieses Dichterfürsten hatten fahren lassen. „Ich halte mich wie ein echter Kurgast und bringe meine Tage mit absolutem Nichtstun zu. Das Zeitvertrödelnde erotisch gefühlte dolce far niente wird mir allmählich fad", schrieb er an Charlotte. Aber die schöne Fürsten Nariskin, die Fürstin Solms und die neunzehnjährige Amalie von Levetzow mit ihren zwei kleinen Kindern, deren eines zwanzig Jahre später Goethes neue Angebetete werden sollte, zogen ihn doch ein wenig an. Der Hochadel präsentierte sich mit besonderem Glanz. Karl Josef de Ligne, ein fünfundsiebzigjähriger Feldwebel, faszinierte Christ am meisten. Aber er suchte die Nähe zum Sprudel. – Es galt nach wie vor, den Makel der möglichen eigenen Schuld zu tilgen. Das Gift könnte auch auf dem Verteilerwege, durch die

Franzensbader Krugfuhren, nach Thüringen oder Sachsen gekommen sein. Er hatte erfahren, dass die Krugfuhren, wenn der Sprudel schwächer dümpelte, das Franzensbader Egerwasser mit dem Karlsbader Wasser mischten. Das machte es Christs Spürsinn natürlich nicht leichter.

Die schönen Dinge, auch das Essen, waren durch den fallenden Wert des Papiergeldes ungemein billig, und Christ hätte mit Cottas Geld noch Monate hier leben können. Christ aß am liebsten Krebse und Forellen. Die schwere böhmische Küche bekam ihm nicht. – Er fuhr nach Franzensbad, ging zur Abfüllstelle und sah, wie die Flaschen von Hand abgefüllt in die Kästen gestellt wurden. Dabei konnte natürlich schon etwas passieren! – Aber wer sollte ein Interesse daran haben, eine Flasche zu vergiften, ohne zu wissen, wen er damit erreichen würde? – Vielleicht war das Arsen auch von den heißen Quellen aus den Felsen gespült worden. Er beschloss, sich mit dem vulkanischen Gestein in Böhmen zu beschäftigen. Er studierte vor allem, was Goethe darüber skizziert hatte. Viel war es nicht. Aber die Probleme der heißen und kalten Quellen lenkten seine Aufmerksamkeit vorwiegend auf Zinn, Porphyr, Granate, Basalte, Felsbart und Granit. Arsen kam nicht vor. Es konnte nicht aus dieser Bergwelt stammen. Er beschäftigte sich mit der Bodenbeschaffenheit des Gebietes, den hydrographischen, klimatischen und meteorologischen Verhältnissen. Aber er bekam keine Ergebnisse. Er fragte sich, ob die heißen Quellen vielleicht Wirkungen eines chemischen oder elektrischen Vorganges waren. Aber er glaubte, dass die Siedehitze sich aus der Berührung des Wassers mit dem Gestein ergab. Als Goethe noch in Karlsbad war, hatte Christ in dessen Gespräch mit einem Bodengelehrten die Worte Vulkanismus und Neptunismus gehört. Er ging den Wörtern nach, konnte aber nicht finden, dass dies etwas für seine Sache herausbrachte. Er schrieb Charlotte, dass er nun bald zurückkomme und dass seine Suche ergebnislos geblieben sei. Nur habe er viel internationale Luft geschnuppert.

Aber als er einige Tage später mit der Post nach Weimar wollte, wurde er in Eger, als er Böhmen verlassen wollte, festgehalten. Sein Pass sei abgelaufen, außerdem gebe es in Weimar ein gegen ihn anhängiges Verfahren wegen des Mönchs Casper. Christ bedeutete, er sei damals nach viertägiger Untersuchungshaft wegen erwiesener Unschuld freigelassen worden. Aber man glaubte ihm hier in Eger nicht. Ihm war gleich klar, dass das nur Goethes Werk gewesen sein konnte, der sich Charlotte auf irgendeine Art genähert haben musste. Er schrieb ihr ein kurzes Billet, sie sollte ihren Einfluss auf Goethe ein zweites Mal geltend machen. Goethe nahm seinen Hinweis an die Karlsbader Behörden zurück, Christ bekam seinen, im übrigen überhaupt nicht abgelaufenen, Pass zurück und machte sich schleunigst aus dem Staub.

Riemer

Goethe hatte Charlotte von seiner Karlsbader Intervention nichts erzählt. Aber sie wunderte sich doch, dass Christ so lange ausblieb. Wenn man sie in Weimar nicht weiter aufhalte, würden sie bald ins Herzogtum Württemberg zurückkehren. Am Sonntag, dem 16. Oktober 1808 war Christ dann wieder in Weimar und traf Charlotte in ihrer beider kleinen Wohnung in der Marienstraße an. Goethe hatte in der Zwischenzeit versucht, Charlotte in die Welt seines Umgangs einzuführen, um mit seiner Prätension zu glänzen. Charlotte war zu sehr Seelen- und Symbolkundlerin, hatte auch genug in Goethes Handschrift gelesen, um sich davon beeindrucken zu lassen. Sie lernte den russischen Großfürsten Konstantin, den Sohn des Zaren Paul I., kennen, dann den Prinzen von Mecklenburg, und beinahe hätte sie auch Napoleon kennengelernt, der in Erfurt Hof hielt und Goethe mit den Worten „Voilà un homme" begrüßt hatte. Die großen Ehrungen, die Goethe durch Napoleon erfuhr, ließen sein Dilemma um Charlotte zurücktreten. Er beschloss, Charlotte Gnändinger und Johann Friedrich Christ in sein Beziehungsgeflecht und seine Umtriebe mit einzubeziehen. Er hatte Schuldgefühle.

Ihren ersten auswärtigen Termin verbrachten Charlotte und Johann am Hoftheater, wo am Montag, dem 17. Oktober 1808 Schillers Braut von Messina gegeben wurde. Goethe war schon wieder auf Lustpartie. Er hatte sich bei Sylvie von Ziegesar in Drackendorf eingeladen und würde dort sein Äugeln fortsetzen. Charlotte spielte in diesem

Augenblick keine Rolle mehr. So wie Minchen Herzlieb dank Sylvie keine Rolle mehr gespielt hatte. Christiane war mit August nach Frankfurt gereist, um die Erbsache nach dem Tod von Goethes Mutter zu bereinigen, und so hatte Goethe viel Zeit.

Am Freitag, dem 14. Oktober 1808 war Goethe mit dem französischen Orden der Ehrenlegion ausgezeichnet worden. Außerdem bekam er das Große Band des Russischen Anna-Ordens mit einem brillantenen Stein. Goethe war sehr stolz, weigerte sich aber nach Paris zu kommen, wohin ihn Napoleon eingeladen hatte. Goethe meinte, dieses Glück sei für seine Schultern zu schwer. Er würde doch nicht in eine Stadt fahren, in der der Terror nur zehn Jahre zurücklag. Goethe war zu sehr Reineke Fuchs. Mittags lud Goethe gewöhnlich ein paar Gäste ein, und nachmittags war Komödie. Bald fanden sich Charlotte und Johann an Goethes Mittagstisch wieder ein. – Nach dem Essen spazierten sie von der Marienstraße durch die Frauentorstraße nach links in die Esplanade und dann wieder zurück. Zum Markt und über den Fürstenplatz zum Großherzoglichen Schloss. Sie überquerten die Ilm auf der Schlossbrücke, gingen bis zur Kaserne und wanderten dann die Chaussee nach Ober-Weimar. Als sie am übernächsten Tag die Friedhofstraße abgingen, gerieten sie in eine Ansammlung von Menschen. Sie merkten bald, dass sie für Franzosen gehalten wurden, denen man hier in Weimar ganz sichtlich nicht grün war.

Sie bogen um die Ecke, sahen das Frauentor und dahinter die zusammengerottete Menge. Die Menschenmenge wurde dichter, je weiter sie vordrangen. Ihre Aufforderungen, Platz zu machen, wurden mit einem langanhaltenden, dumpfen Gemurmel beantwortet.

„Ihr seid doch Franzosen", rief einer.

„Deutscher als ihr", antwortete Christ, „von Württemberg!"

„Vaterlandsverräter", schrie einer mit wüster Miene.

„Sprich Französisch", schrie ein anderer.

Gott sei Dank traf zur rechten Zeit eine kleine Garde Soldaten ein. Der Hof hatte offenbar von der Emeute Kenntnis bekommen. Die Menge war wohl bereit, Ungeheuerliches zu tun und ihren Hass gegenüber dem Hofhalter von Erfurt an den beiden Fremden zu kühlen, die gerade zur Hand waren. Sie wurden gleich zum Schloss mitgenommen, wo man sie examinierte. Der Herzog Carl August sprach mit ihnen, und als er hörte, dass sie bei Goethe ein- und ausgingen, lud er sie zum Essen ein. Der Herzog sah aus wie ein kleiner, dicker Forstmann. Die Hunde umwedelten seine Beine. Schließlich saßen Christ und Gnändinger im Speisesaal und wurden von Lakaien bedient. Es gab fünf Gänge, etwas anderes als die Mahlzeiten der Frau, bei der sie wohnten.

„Da hat Er sich ja noch einmal herauswinden können", sagte der Herzog, „durch meine Soldaten. Wie gefällt Ihnen meine Residenz?"

Charlotte Gnändinger ergriff das Wort und sagte, eine hübschere Gartenstadt, die dazu noch Residenz sei, habe sie noch nicht gesehen. Sie kämen aus Württemberg, seien mit Goethe in den böhmischen Bädern gewesen und wollten bald zurück zum Verleger Cotta nach Stuttgart, in dessen Auftrag sie unterwegs seien. Carl August erbot sich sofort, ihnen das Schloss zu zeigen, und sie waren erstaunt über die Größe und verschwenderische Pracht, das war am Montag, dem 31. Oktober 1808 gewesen. Sie beschlossen, noch eine Weile in Weimar zu bleiben.

Bei der Suche nach der Lösung des Rätsels um den toten Mönch Casper konnte ihnen Riemer weiterhelfen, der während seines Rom-Aufenthalts mit Humboldt häufig in der Kirche Santa Maria Immaculata gewesen war, an die sich ein weitläufiges Kapuziner-Kloster anschloss. Riemer erzählte viel von den mildtätigen Mönchen und der Kirche, die der Kardinal Antonio Barberini, ein Bruder des Papstes Urban VIII., in nur fünf Jahren bis 1631 hatte erbauen lassen. Das Beinhaus unter der Krypta hatte die Kirche berühmt gemacht, weil dort Skelette nicht nur gelagert wurden, sondern auch künstlerisch verarbeitet wurden. Schädel, Beckenknochen, Wirbel und Schulterblätter der Toten wurden zu Devotionalien. Ein aus Knochen gefertigter Leuchter hing von der Decke der Krypta.

„Media vita in morte sumus", flüsterte Riemer, eigentlich Agnostiker wie Goethe, vor sich hin. Nun, Riemer glaubte, ein paarmal mit diesem Mönch gesprochen zu haben, auch glaubte er, gehört zu haben, dass dieser Mönch, ein Deutscher, im Begriff stünde, nach Deutschland zurückzugehen. Wo er die Zeit bis zu seinem Tod verbracht hatte, wusste Riemer nicht. – Der Mönch war in Meiningen in ihre Kutsche geraten, also musste er aus Süddeutschland kommen, vielleicht sogar aus Westdeutschland, denn in Ehrenbreitstein gab es ja ein großes Kapuziner-Kloster.

Riemer hatte den besseren Kopf als Goethe, das wusste er. Aber er konnte sich nicht aufschwingen, ein großes, über ihn selbst hinauswachsendes Werk zu projektieren, wie Goethe, und dann mit starkem Willen monatelang daran zu arbeiten, bis es wuchs und wuchs. Notfalls auch über die Köpfe seiner Zuarbeiter hinaus. So waren Goethes Wahlverwandtschaften entstanden, die aber immer noch nicht veröffentlicht waren. Und so fühlten sich Christ und Gnändinger an Cottas Aufforderung, nach Württemberg zurückzukehren, nicht gebunden. Sie wollten wissen, ob Goethe sich zum Druck wieder bei Frommanns in Jena einnisten würde, um seinen Spaß mit Minchen zu haben.

Rom schien der Schlüssel zum Rätsel des toten Mönch zu sein. Und die Gruft unterhalb von Maria Immaculata, der Gedanke an das Beinhaus unter der Kirche löste bei Christ und Gnändinger ein wohliges Gruseln aus. Angst kannten beide nicht, angesichts dessen, was sie schon gemeinsam durchgestanden hatten. War es vielleicht sogar ein Anschlag der Kirche auf Goethe, der sich öffentlich als Heide bekannte? – Aber ein so dilettantischer Anschlag! – Dort unten in der Gruft hatte man die Messfeier für die Verstorbenen gehalten, damit sie vom Fegefeuer befreit wurden und ins Paradies kamen. Christ konnte darüber nur lachen, dass er seine ganze Jugend an die Lehre der Madame Guion verloren hatte.

Riemer hatte noch mehr Vertrauen zu ihnen gefasst und gab detailliert Auskunft und Rechenschaft über den Zustand seiner Gefühle. Vernunft und Neigung, Sinnlichkeit und Moral. Liebe und Leidenschaft, Lust und Entsagung lauteten die Begriffe, die ihn veranlassten, sich durch Reflexion inmitten seines schwierigen Weges zwischen Goethe und der Welt für das eine oder andere entscheiden zu müssen. Aber Riemer war kein Entscheider, der wie Goethe die Spaltung des Menschen aufheben wollte. Er vertraute den beiden sogar einige Affären an, die er mit

Frauen aus seiner Nachbarschaft gehabt hatte. Er gestand ihnen „das unabweichliche Bedürfnis zu lieben und geliebt zu werden" und das „Bedürfnis des Genusses". „Es ist eine Eitelkeit des Geistes, gern mehr zu sein zu wollen, als man sein kann", war er fortgefahren, in ihm lebte jetzt vorwiegend das Gefühl, des Lebens völlig expers zu sein. Er überwand das Gefühl für Caroline Humboldt nie und erzählte den beiden, wie froh er gewesen sei, ihr am 28. April 1804 bei ihrem Besuch in Goethes Haus in Weimar kühl und herablassend begegnet zu sein. „Ich fand sie sehr verändert, sogar hässlich", sagte er und: „Man findet in der Menschheit noch einmal die ganze Tierheit wieder. Man findet in jedem einzelnen Menschen die Gelüste der Sau, des Hundes, des Affen; jeder, der in seinen Busen greift, wird etwas davon wahrnehmen." – So wird Goethe damals auch gedacht haben, dachten Johann und Charlotte. – Sie beschlossen, den Draht zu diesem seltsamen, aber intelligenten und bewussten Mann nicht abreißen zu lassen. – Sie waren sich jetzt klar darüber geworden, dass das endgültige Erscheinen der Wahlverwandtschaften auf dem Buchmarkt sich noch ein ganzes Jahr hinziehen würde. Dieses Jahr würden sie in Weimar, oder auch in Jena, verbringen und versuchen, Cotta mit Versprechungen und Schmeicheleien etwas Geld abzuringen.

Weimar zeigte sich Anfang November 1808, der Jahreszeit zum Trotz, von seiner schönsten Seite. Das Wetter war noch nicht zu kalt. – Cotta hatte aus Stuttgart geschrieben, er würde noch eine Weile zahlen, dafür müssten sie aber ihr Handwerk ernst nehmen und eine ausführliche Seelenexpertise von Goethe liefern. Denn den wollte er noch stärker als bisher an sich binden. Beide dachten, dass sollte ihnen nicht schwerfallen, denn sie hatten ja die handschriftkundige Charlotte, Christ beobachtete auch scharf, und da war schließlich noch Riemer, der unermessliches Vertrauen zu ihnen gefasst hatte. Riemer sah Goethe völlig unkritisch, das wussten sie. Goethe war für ihn „ein großes Kind, das an der Freude, etwas mitzuteilen und hervorzubringen, bis an sein Lebensende verharren würde". Seine Geschichten waren „Beichten, Konfessionen, Häutungen". Und Goethes Toleranz würden die „dickhirnschaligen Pfaffen" als Indifferentismus bezeichnen. Die „gedruckten Lügen, Verleumdungen, Anfeindungen und Gehässigkeiten" bestünden schon immer fort in der Literatur! – Sollte es mit Goethe anders gehen? In der ganzen Literatur sei kein Beispiel dafür, dass Kritiker und Kläffer einen großen Dichter seines Ruhms, seiner Werke und ihrer ewigen Dauer beraubt hätten. Kein deutscher Autor habe so viel von Natur, Leben, Kunst und Wissen in sich aufgenommen und es mit seinem ganzen Wesen so innig verarbeitet und verschmolzen. Auf die ästhetisch-kritische, journalistische, das übrige Publikum repräsentierende und bevormundende Kaste, höre weder er noch Goethe. Goethe sei „verschwiegener als ein Beichtstuhl, zum Ärger aller Ubiquisten, die gern etwas aus ihm herausgelockt hätten". Ja, so dachte Riemer, der seit 1802 alles, was Goethe in Vers, Prosa oder als Brief geschrieben hatte, durch seine Hände hatte wandern sehen. – Riemer war eigentlich der Tiefsinningere von beiden. – Und doch ohne Goethe nicht denkbar! – Das alles und das Ergebnis ihrer Handschriftanalyse schrieben sie Cotta. Cotta war begeistert. So stelle er sich Literatur vor. Durch diese Informationen würde er Goethe schnell in seine Hand bekommen und alle seine Reaktionen im Voraus berechnen können. Im Geist sah er schon die Druckmaschinen rattern. Christ und Gnändinger könnten bleiben, solange sie wollten, würden auch mit Geld versorgt, solange sie „solch durchschlagende Information" herausbekamen.

Wieder der Mönch

Riemer erzählte viel von sich, vollkommen introspektiv! – Während Goethe seine Bestätigung in der Außenwelt suche, suche er, Riemer, sie in sich selbst. „Oh du gefühlloser Mensch, der du mich richtest", sagte er, „könntest du nur einen Augenblick meine Empfindungen mit meinem Platz einnehmen." Die Sache mit Caroline von Humboldt musste ihn schwer mitgenommen haben. Das spürte Charlotte heute noch nach fünf Jahren heraus. „Menschenherz, was bist du für ein Ding", war Riemer fortgefahren, „der Trieb ist doch stärker als alle Vernunft, so wie er sicherer ist!" Und: „Die Neigungen sind dem Menschen mitgegeben, diese bestimmen ihn zu Handlungen und die Vernunft tut nichts, als Gründe aufzusuchen, die diese Neigungen begründen und rechtfertigen. Liebe und Hass sind Organe, mit denen der Geist des Menschen die Objekte auffasst und zu seiner Erkenntnis bringt. Ohne dass eins von beiden in Tätigkeit ist, kann auch keine Erkenntnis wurzeln!"

„Das ist fast Goethe", sagte Charlotte später zu Christ, „und stammt aus Riemers römischer Zeit, wo er sich unsterblich in Caroline von Humboldt verliebt hatte." „Man würde wie ein Tollhäusler schreiben", hatte Riemer gesagt, „wollte man aussprechen, was das Herz empfindet. Beim Schreiben aber kommt alles von innen, auch wenn es scheinbar von außen kommt! – Was der Mensch ist, mag er nicht eher wissen, bis er die Höhe seines Wachstums und seiner Ausbildung erreicht hat und allmählich wieder den Rückweg nimmt." Riemer war zu modern für Weimar! – Folgte man seinen Worten, würde er später als Goethes Schreibautomat angesehen werden. Aber er war der Taktgeber! – Goethe hatte sich über den Zeitgeist hinweggesetzt, aber Riemer noch viel mehr und noch früher! Riemer sagte ihnen, er habe all das Gesagte 1802/03 in sein Tagebuch geschrieben. Die Nachwelt werde einmal einsehen, dass er so gut wie Goethe gewesen. „Goethe hat etwas Hausbackenes", fuhr er fort, „er will nicht so schnell zur Idee hinauf wie Schiller! Er probiert mit den Händen, den Augen, der Nase. Er betastet, beriecht und beschreibt den Gegenstand seiner Erkenntnis, bevor er ein Urteil abgibt und einen Begriff bildet. – Da ist Goethe wie ich. Aber das wird Sie nicht interessieren!"

„Uns interessiert alles", unterbrach ihn Charlotte, „erzählen Sie weiter!"

„Görres hat sich habilitiert und ist nach Koblenz gegangen", sagte Riemer, „der Meister kann ihn nicht leiden, besonders was er über das Nibelungenlied gesagt hat, das der Meister uns jeden zweiten Tag vorliest. Seit Mittwoch ergießt er sich darüber. Der Wert dieses Gedichtes erhöhe sich, je länger man es betrachte. Die Motive, die Ausführung. Mir selbst kommt das Lied vor wie Geplapper, oder wie der Faden, der vom Spinnrocken einfach abgenommen wird. Goethe sucht etwas, wodurch man dem Alter und dem Ursprung des Gedichts näherkommen kann. Wahrlich, die modernen Liebhaber desselben, die Herren Görres und Konsorten, ziehen noch dichtere Nebel über die Nibelungen, hat der Meister neulich gesagt. Ich lasse mich nicht irremachen, dass unsere modernen, religiösen Ältler mancherlei Ungenießbares fördern und befördern." In dem Gedicht, so Riemer weiter, finde sich keine Spur von himmlischem Reflekt. Das mache es besonders. Goethes Sohn sei noch mit der Mutter in Frankfurt, um das Erbe seiner Großmutter anzutreten. Goethe habe gesagt, dass er in der Ferne kein Verhältnis mehr mit Menschen haben kann.

„Interessiert Sie das wirklich?" fragte Riemer ein zweites Mal.

„So wie Goethe die Geschichte der Wissenschaften interessiert", sagte Christ.

„Er interessiert sich wirklich dafür", sagte Riemer, „besonders für die Farbenlehre. Täglich ist er eine Stunde in der camera obscura. Kunst und Wissenschaft gehören für ihn untrennbar zusammen. Das werden Spätere abstreiten, sagt er. Den französischen und den russischen Orden trägt er mit Stolz. Mit Sylvie von Ziegesar stehe er auf Brieffuß. Alle drei Wochen ein langer Brief und Geschenke. Goethe habe über ihr Zusammensein ein langes obszönes Gedicht geschrieben, das er aber zurückhalte. Er flirte im Augenblick besonders mit Pauline Gotter, die aber wisse, dass all die süßen Worte, die er ihr ins Ohr raune, nicht ihr, sondern jedem jungen Mädchen gelten würden.

Dem toten Mönch Casper käme man allmählich näher, hätten die Behörden mitgeteilt. Man habe seine Reisewege akribisch zurückverfolgt. Er sei von Rom über Ehrenbreitstein nach Weimar gelangt. Die Kapuziner müssten etwas gegen Goethe haben. Aber ein Mordkomplott gegen den Meister könne er, bei aller Anerkenntnis des menschlichen Unrats, nicht glauben. Der Mönch müsse versehentlich aus der Flasche getrunken haben. Was das Wort „Christ" unter dem Beistelltisch in Weimar bedeutet haben sollte, habe man bis heute nicht herausbekommen. Aber im Schwan abgestiegen, so nah bei Goethe, mit dieser Flasche im Gepäck, das deute auf nichts Gutes hin. In Meiningen, wo er in Christ und Gnändingers Kutsche gelangt war, sei er wegen versuchten Kirchendiebstahls festgehalten worden. Das hätten die Nachforschungen ergeben. Aber man habe nichts Richtiges gegen ihn in die Hand bekommen. Deswegen habe man ihn laufenlassen. Als Reiseziel habe er damals Rom angegeben. Geld habe er keines gehabt, und seine Kutte sei bestimmt seit seiner Abreise von Rom nicht mehr gewaschen worden. Er sei zwar kein Bettelmönch gewesen, aber vom Erbettelten habe er bestimmt seit Rom gelebt. Das tägliche Betteln müsse doch etwas Entwürdigendes haben. Er, Riemer, habe eine gewisse Ahnung davon. Und dann in fremden Kutschen mitgenommen werden. Wo einen die Leute auch nicht gerade friedlich ansehen!

„Wie er mit uns in unserem Landauer gesessen hat", sagte Christ, „stumm in der Ecke und die Kapuze bis über die Augen gezogen, als wolle er nicht erkannt werden. Wie kann man überhaupt nur ins Kloster gehen?"

Riemer sagte, er frage sich das auch, obwohl er lange genug mönchisch gelebt habe. Mehr als mönchisch! Wie er damals, als er noch mit keiner Frau zusammengewesen, vor Caroline von Humboldt auf die Knie gegangen sei. Die Erste habe sie nicht sein wollen, habe sie gesagt, eher die Letzte! Er habe sein Glück damals immer wieder bei verheirateten Frauen gesucht, nicht bei jungen Mädchen wie Goethe. Die seien ja noch unerfahrener gewesen als er selbst. Ja, er, Riemer, vergleiche sich oft mit dem Kapuzinermönch, den das Unglück so frühzeitig erreicht habe, denn alt sei er bestimmt nicht gewesen. Der sei, wie er, knapp über dreißig gewesen. Wie man heute sage, auf der Hälfte seines Lebens. Andererseits seien Mönche die ersten Kulturträger gewesen und hätten die Kunst und Wissenschaft unserer Ahnen auf uns kommen lassen. Auch das Nibelungenlied sei von einem Mönch verfasst. Aber eigentlich aus vielen kleinen Liedern der altnordischen Edda zusammengestümpert. Solch große Künstler seien die Mönche also auch nicht gewesen. Aber dieses zutiefst heidnische Lied entzücke Goethe bis ins Innerste. Am meisten darin entzücke ihn der junge Siegfried, eine zutiefst mythische Figur. Auch Hagen von Tronje, von keiner christlichen Lehre angefressen. Aber das führe zu weit vom Thema weg. Wenn sie mehr wissen wollten, sollten sie einfach zu Goethe zum Abendessen kommen, er würde für eine Einladung sorgen. Christ und Gnändinger erhielten diese Einladung am Donnerstag, dem 17. November 1808.

Im Gelben Saal war gedeckt. Der Geheimrat aß zwar abends nichts mehr, aber angesichts dieser Gäste hatte er eine Ausnahme gemacht. Es saßen außer ihm noch Herr und Frau von Wolzogen, Frau von Schiller, Herr und Frau von Müller und Hofrat Meyer am Tisch. Es gab Kalbssteak mit eingelegten Pfifferlingen, Gemüse vom Markt und hausgemachte Spätzle. Wer die Spätzle nicht mochte, konnte tournierte Kartoffeln bekommen. Zum Nachtisch Zwetschgen-Souflée. Den Wein hatte Goethe aus Würzburg kommen lassen. Nach dem Essen sahen sich Christ und Gnändinger im Raum um. Die über den gesamten Raum verteilten, friesartig gehängten graphischen Blätter des Franzosen Nicolas Dorigny erzählten die Fabel von Amor und Psyche. Goethe hatte die Originalfresken 1786 und 1787 in Rom gesehen. „Wie oft habe ich die Fresken durch jene Kopien wiedererinnert", sagte Goethe, als er zu Ende gegessen hatte, „dieser Saal oder vielmehr diese Galerie ist das Schönste, was ich an Dekoration kenne." Auch Burys Kopie von Tizians Himmlischer und Irdischer Liebe hatte Goethe aufhängen lassen. Der gesamte Gelbe Saal war ein einziges Kunstmuseum so wie Goethes ganzes Haus.

Christ und Gnändinger kamen beide nicht aus einfachen Elternhäusern, die Klarheit und Schlichtheit der Möbel in Goethes Haus bewunderten sie. Das frühe 19. Jahrhundert bildete auch kombinierte Mehrzweckmöbel aus, wie sie sich hier fanden, die Ganzheit der Möbelkunst in handwerklicher und technischer Hinsicht. Für die höfischen Möbel war das Vorbild natürlich Paris, die deutschen Möbel zeichneten sich durch feinste Holzarbeit aus. Die seit dem Klassizismus weitverbreiteten Stichvorlagen brachten aber stilistische Überschneidungen mit den französischen Möbeln mit sich. So fanden sie auch im ganzen Goethe-Haus Nussbaum als bevorzugtes Furnier. Höfische Luxusmöbel dienten als Mittel, die Bedeutung des Hofes zu dokumentieren. Nicht so bei Goethe. Alles war klar, verlässlich, schön und praktisch. Goethe war zwar kein Schreiner, aber auch er ein Hofkünstler. Hofrat

Meyer zeigte Säulenabdrucke von Barbarossas Palast in Gelnhausen, und dann las Goethe das Märchen von der neuen Melusine vor, das er später in den Wilhelm Meister einbrachte. Es wurde viel über Italien gesprochen. Alle Herren und Damen am Tisch zeigten sich informiert. Goethe wandte sich den beiden Gästen zu. Er sah die junge Frau und dachte, dass partnerschaftliche Treue doch etwas sehr Seltenes sei, auch dass es ihm bei Charlotte vielleicht geglückt wäre, wenn sie jünger gewesen wäre. Er wusste nicht, dass diese Frau, knapp über dreißig, ihn, seine Allüren, seine Machenschaften und seine Taktik vollkommen durchschaut hatte und dass sie nur hier am Tisch saß, um Cotta eine noch genauere Beschreibung seines Wesens geben zu können, damit dieser bei den Honorarverhandlungen auf seine Kosten kommen konnte. Er würde morgen Demoiselle Elsermann zu Tisch haben und sich an dieser schadlos halten. Christ und Gnändinger gingen gegen elf Uhr nachts weinselig um die Ecke zu ihrem Domizil in die Marienstraße. Charlotte sprach Christ im Bett auf Goethe an: „Was sagt dir eigentlich sein Gesicht? – Mir sagt es viel. Er ist noch keine sechzig, und sein Gesicht hat schon etwas Altmännerhaftes, ich möchte sogar sagen, etwas Eulenhaftes. Früher mag dieses Antlitz einmal anziehend gewesen sein, die gerade, etwas höckrige Nase, die braunen Augen, das damals schon lichte Haar. Er sieht einen nie gerade an, nur von der Seite, auch misstrauisch. Dieser Mann ist das Misstrauen und die Eitelkeit in Person. Aber er ist trotzdem groß. Aber irgendwie wirkt er auf mich bekümmert."

„Wenn ich seine Sorgen hätte, könnte ich trotzdem gut leben", sagte Christ, „aber ich möchte gar nicht er sein. Ich

bin Johann Friedrich Christ, 1775 geboren und dreiundrei-
ßig Jahre alt. Wir haben noch viel Zeit vor uns und können
zusammen alt werden."

„Das denke ich auch", sagte Charlotte, „morgen schreiben wir Cotta, dass wir bei Goethe ein- und ausgehen. Den
Sohn würde ich gerne mal näher kennenlernen, aber der ist
in Heidelberg."

„Da fahren wir auf der Rückreise vorbei. Mit einem
Empfehlungsschreiben des geheimen Rats."

„Wie hat dir Meyer gefallen?" fragte Charlotte, „Er ist,
wie ich meine, sein Einflüsterer in allen Dingen, die die
Kunst betreffen."

„Nicht nur die bildende", sagte Christ, „er hat auch
Einfluss auf alles, was Goethe schreibt, und Kunst und Al-
tertum fließen für beide zusammen."

„Es ist die heidnische Epoche, die ihn anzieht. Der Sin-
nenkult ohne Christengott."

„Den Leidensmann lehnt er ab", erwiderte Christ, „er
hat schon als halbes Kind ein polemisches Gedicht gegen
diesen geschrieben."

„Du meinst die Höllenfahrt Jesu Christi", sagte Charlotte, „das würde ich gerne einmal lesen. Er muss es in
den Sack mit den Manuskripten gesteckt haben, den er von
Frankfurt nach Weimar mitgenommen hat. Dass er das getan hat, zeigt, dass er nicht die Absicht hatte, nach Frankfurt zurückzukehren."

„Das ist auch ein Zug von Genie", sagte Christ, „so
ohne weiteres auf und davon. Sich an die Hofdame atta-
chiert und gleich gewusst, wo Barthel den Most holt."

„Genie bleibt Genie", sagte Charlotte, „auch wenn das Genie sich zuweilen auf das Menschlichste überschätzt. Im Alltag ist auch das Genie ein Mensch!"

„Wenn er den Fürst nicht gehabt hätte, wäre auch das Genie brotlos geworden", sagte Christ.

„Eine ganz eigenartige und seltene Beziehung, die es nirgendwo auf der Welt zum zweiten Mal geben wird. – Dieser Carl August mit seinem ganzen Militärgetue. Bei den Preußen, und dort zuletzt alles verloren."

„Trotz all seines Genies ist Goethe ein bisschen blöd gewesen", sagte Charlotte: „'Mein Kind, ich habe es gut gemacht, ich habe nie über die Sprache gedacht.' Wie kann man so etwas schreiben, ja, danach sogar gelebt haben? Sachverhalte werden doch erst durch Sprache zu Sachverhalten. Meinungen durch Sprache erst zu Meinungen. Jenseits der Sprache gibt es nur noch den Traum, und den holen wir auch durch Sprache nach oben."

„Herder hätte es ihm beibringen können", sagte Christ, „in seinem Ursprung der Sprache war er nah dran. Allein sein schöner Begriff der Besonnenheit. Goethe ist bestimmt tief im Innern der Ansicht von Süßmilch, dass die Sprache göttlichen Ursprungs ist, obwohl er sich als alter Heide geriert. Nur so kann man das Verschen verstehen. Oder er war sich darüber klar, dass Mensch und Sprache nicht zu trennen sind. Und sich jedes weitere Wort darüber erübrigt."

„Der Mönch lässt mir keine Ruhe", wechselte Charlotte das Thema, „ich bin mir sicher, dass das Übel in Rom seinen Ausgang nahm. Wie ist er überhaupt an das Egerwasser gekommen? Der Schlüssel zu dem Ganzen liegt in Rom im Kloster nahe der Kirche Maria Immaculata.

Da bin ich mir sicher. Wir müssen noch einmal intensiver mit Riemer sprechen. Der ist ja vor wenigen Jahren dort gewesen. Er wird uns über die Bräuche und über die Atmosphäre dort nähere Auskunft geben. In einem Land, in dem Winckelmann ermordet wurde, halte ich alles für möglich."

Krise

Sie besuchten Riemer am nächsten Tag in seiner kleinen Mansarde, was von Goethe nicht gern gesehen wurde.

„Goethe ist in Rom wiedergeboren wurden", sagte Riemer, als sie sich in seinem engen Mansardenzimmer gegenübersaßen. „Die Gärten sind mit immergrünen Bäumen bepflanzt, die Sonne scheint, selbst im Dezember, warm. Schnee sieht man nur auf den entfernten Bergen gegen Norden. Nur die Zitronenbäume, die in den Gärten an den Wänden gepflanzt sind, werden mit Decken von Rohr überdeckt. Die Pomeranzen bleiben frei stehen. So jedenfalls hat Goethe Rom gesehen. Was aber allen Fremden auffällt, sind die Totschläge, die dort gewöhnlich vorkommen, und man kann Rom, neben seiner großen Schönheit, gut und gern als Stadt des Verbrechens bezeichnen. Ich glaube auch, dass die missglückte Untat Ihres Mönchs daher kommt. Das Verbrechen hat etwas Klapperschlangenartiges und zieht Menschen unwiderstehlich an, sagt Goethe. Auch ich habe damals das Pantheon, den Apoll von Belvedere und die Sixtinische Kapelle so in mein Gemüt eingenommen, dass ich daneben fast nichts mehr sah. Eigentlich erkennt man alles Schöne erst richtig, wenn man es zum zweiten Mal sieht. Die Medusenmaske im Palast Rondanini ist das beste Symbol für die Zwiespältigkeit Roms. Der Mönch hätte Lepra haben können, als er sich zu euch in die Kutsche drängte, und ihr hättet es nicht gemerkt. Ihr hättet ihm seine Kapuzinerkutte vom Leib reißen und ihn hinauswerfen sollen."

Was für ein Motiv mochte er gehabt haben, überlegten Charlotte und Christ. – War er ein Abgesandter, ein bloßes Werkzeug, oder handelte er auf eigene Faust nach eigenem Gutdünken? Was trieb den Mann? – Warum musste er so unglücklich enden? Und andere noch in den Schlamassel ziehen? – Warum gerade ein Kapuzinermönch? – In der Santa Maria Immaculata und dem angeschlossenen Kloster lag der Schlüssel. Aber dort würden sie nie hinkommen. Jedenfalls nicht in den nächsten Jahren. – Der Kopf konnte kombinieren und Schlüsse ziehen! – Aber ohne zugrundeliegendes Tatsachenmaterial? – Da konnten sie auch Metaphysik betreiben! – Metaphysik, die Goethe ablehnte. Auf den Flügeln der Gedanken nach oben zur Idee. – Nein, Goethe besah und betastete lieber, ja, er beroch. Er war Diesseitskind. Der Mönch nicht! – Der hatte aber etwas handfestes Irdisches vorgehabt! – Aber was? – Irgendein kleines Detail musste ihnen doch Aufschluss geben! – Aber sie konnten sich jetzt, nach so langer Zeit, an fast nichts mehr erinnern. – Ja, allein der Geruch, den der mitgeschleppt hatte, war bestialisch gewesen. Dass sie ihn im Weißen Schwan überhaupt aufgenommen hatten? – Er musste also auch etwas Geld gehabt haben. – Woher? –

Der Reisepfennig, den ihm die römischen Kapuziner mitgegeben hatten? – Ja, in Rom lag die Lösung des Rätsels.

Sie beschwatzten Riemer, noch ein bisschen mehr von der Ewigen Stadt zu erzählen. Aber Riemer gab nur die Ansichten Goethes wieder. Goethe hatte einen Abscheu vor der ganzen Klerisei. Er war in der Christnacht 1787 in Rom herumgeschwärmt und hatte sogar den Papst die Weihnachtsmesse zelebrieren sehen. Er war aber im protestantischen Diogenismus so alt geworden, sagte er, dass ihm diese Herrlichkeit mehr genommen als gegeben habe. „Verdeckt doch nicht die Sonne höherer Lust und reiner Menschheit", hatte er damals gesagt. Ob das Ganze ein Racheakt war? – Jedenfalls ein versuchter! Goethe hatte aus einer Aversion gegen bestimmte Erscheinungsformen des Christentums und die gesamte Geistlichkeit nie ein Hehl gemacht. Aber in einem kleinen Winkel seines Herzens war er immer noch der Frankfurter Protestant, ja dem Quietismus zugeneigt, dem er nach seinem Leipziger Schiffbruch und der schweren Krankheit seine Heilung verdankte. Und jetzt las Goethe seinen Damen gerade das Nibelungenlied vor, auch nur von einer dünnen christlichen Firnis überdeckt. Aber ein richtiger Heide war Goethe auch nicht. – Das konnte die Kirche aber nicht wissen. Vielleicht waren sie, Christ und Gnändinger, wie nebenbei dabei, ein Komplott gegen Goethe aufzudecken. Wie hätte der Mönch die Egerflasche, wenn sie überhaupt giftig gewesen war, vom Weißen Schwan ins Goethe-Haus schmuggeln sollen? – Sollten sie, Christ und Gnändinger, etwa zu Helfershelfern gemacht worden werden? – Aber wie? – Nun, wo sie in Franzensbad die Abfüllanlage für das Egerwasser gesehen hatten, glaubten sie nicht mehr daran, dass das Gift von dort seinen Ausgang genommen hatte. Irgend jemand hatte das Gift in die Flasche gefüllt und dem Mönch den Mordauftrag gegeben! – Aber konnten sie sicher sein, dass der Auftrag Goethe gegolten hatte? Die unmittelbare Nähe des Weißen Schwans zum Goethe-Haus sprach für sich! War aber nicht mit letzter Sicherheit zuzuordnen. – Sie waren so weit wie am Anfang. Der dumme Mönch hätte um ein Haar noch Johann Friedrich Christ mit hineingerissen. Oder hatte der Mönch kurz vor der Tat Gewissensbisse bekommen und das Gift selbst geschluckt? Oder hatten seine Auftraggeber den Täter gleich mit ermorden wollen, so dass er starb, nachdem er die Tat begangen hatte? – Jetzt schwiegen alle.

Riemer unterbrach das Schweigen: „Es wird mir immer schwerer, von meinem Aufenthalt in Rom Rechenschaft zu geben; denn wie man die See immer tiefer findet, je weiter man hineingeht, so geht es mir mit der Betrachtung dieser Stadt."

Christ und Gnändinger erinnerten sich, diesen Satz schon von Goethe gehört zu haben. Das Prinzip der Kommunizierenden Röhren schien gut zu funktionieren.

„Man kann das Gegenwärtige nicht ohne das Vergangene erkennen", fuhr Riemer fort, „die Vergleichung von beiden erfordert mehr Zeit und Ruhe. Schon die Lage der Hauptstadt der Welt, führt uns auf die Zeit ihrer Erbauung zurück."

So weit wollen wir gar nicht zurückgehen, dachte Christ. Wir wollen wissen, von wo das Gift seinen Ausgang nahm. Er sagte es Riemer, aber der war ganz in die Betrachtung der Vergangenheit versunken. Gleich wird er wieder von Caroline von Humboldt anfangen, dachte

Christ, jetzt nur nicht beim Thema bleiben. Und er fragte Riemer, ob immer noch so viele junge Schauspielerinnen bei Goethe zu Tische wären.

„Demoiselle Teller und Demoiselle Elsermann kommen fast jeden Tag", sagte Riemer, „ohne Goethe und den Hof wird die kleinste Besetzung auf der Bühne nicht vorgenommen. Der Hof will über alles, aber wirklich alles in seiner Hauptstadt informiert sein, und Goethe auch. Denn der ist des Herzogs zweites Ich. Goethe sei im Augenblick in keiner guten Stimmung. Humboldt sei dagewesen, Gott sei Dank ohne seine Gattin, und Goethe habe sich sehr zusammengenommen. Er habe ihnen Aladins Wunderlampe aus Tausendundeine Nacht vorgelesen. Goethe schreibe jetzt selber Märchen, die er in seine Romane einarbeite. Und seine mineralogischen Tabellen machen ihm großes Vergnügen.

Ihre Aufgabe war so gut wie gelöst, sie begannen, sich innerlich miteinander zu beschäftigen. Wer war diese Frau eigentlich, fragte sich Christ, mit der er auf Cottas Befehl ins Blaue gereist war und die ihn so stark an sich gebunden hatte? Eine ungewöhnlich hübsche, intelligente, aber auch geistesgegenwärtige Person, die ihn schon zweimal aus der Bredouille geholt hatte. – Diese Frau war auch zu mehr in der Lage, als ihn, Christ, an sich zu binden. Jetzt wo die gemeinsame Aufgabe in den Hintergrund rückte, suchte er ihr ziemlich vorurteilslos gegenüber zu stehen. Und die Liebe? – Ja, die war einmal dagewesen. Ob sie noch bestand, wusste er nicht, so tief er auch in sein Inneres zu schauen suchte. Sie war stark und hart und hatte vor ihm sicher schon eine Menge anderer Männer gehabt, mit ihrem Aussehen. Aber er war sich auch sicher, dass ihre

Stärke und Härte ihn anzog. War er ein zweiter Rousseau, der sich einer neuen Madame de Warens unterwarf? – Er war es nicht, das wusste er. Tief im ihrem Inneren war sie warmherzig. Aber ihr Leben war nicht so verlaufen, dass sie diese Warmherzigkeit hätte zeigen können. Von einer hartherzigen Mutter großgezogen. Der Vater früh aus dem Haus gelaufen, fiel es ihr schwer, sich überhaupt, wenn auch nur für eine kleine Weile, jemandem unterzuordnen. Und dann einem Mann, der wie ihr weggelaufener Vater gar kein Gesicht hatte. Aber er, Christ, hatte im Laufe ihrer Beziehung doch ein Gesicht bekommen. Er war von ihr wahrgenommen worden, so wie keiner der Männer vor ihm. Es hatte lange gedauert, aber schließlich hatte sie ihn, ihren Zufallspartner, gemocht oder zumindest begonnen, ihn zu mögen. Und in der Zeit, in der sie zusammen ihre Aufgabe erledigt hatten, waren sie zusammengewachsen. Charlotte war unabhängig, auch willensstark. Er war jedoch auch willensstark, und zwischen zwei solchen Personen musste es Funken geben. Das merkte er an der Art, wie sie sich ihm gegenüber gab, einer ganz neuen Art. Beide hatten eigentlich keine große Lust mehr, nach Süddeutschland zurückzukehren. Aber was tun, wenn die monatlichen Zahlungen Cottas ausblieben? Ein Buch schreiben? – Vielleicht beide zusammen? – Aber sie hatten ja am Zustandekommen von Goethes Wahlverwandtschaften gesehen, was notwendig war, bis man fertig war. An Spontanität, an Umfeld, an Zuarbeitern. An äußeren Situationen, die den inneren entsprechen, so dass man keinen Unsinn schrieb. – Christ hatte einmal kurz gedacht, Charlotte würde Goethes Werben nachgeben. Aber er hatte sich getäuscht. Und hatte sie bewundert. Sie war nicht die Frau, die sich plötzlich von allem losmachte und sich mit einem anderen, schon gar nicht mit einem so zwiespältigen Dichter einließ. Er mochte Charlotte mehr als alle anderen Frauen, die ihm bisher begegnet waren. Und er war sich sicher, dass auf beiden Seiten Zuneigung war. Die Frage war nur, wie eine gemeinsame Zukunft aussehen sollte, wie sie zu bewältigen war, hier in Thüringen, weit ab von beider Heimat und ihrem Umfeld. Aber sie hatten hier neue Bekannte gefunden. Über die würden sie sicher weitere Freunde finden. Sich hier in Weimar niederlassen? Oder in Jena? – Dann tauchte immer wieder die Frage auf, wovon sie leben sollten. Charlotte hätte gut als Hofdame arbeiten können. Er selbst hätte als Fürstenberater sein Auskommen finden können. Aber er hatte überhaupt keine Beziehungen, und Goethe ließ nicht zu, dass ein Fremder, der zudem einmal von ihm abhängig gewesen war, ein solches Amt bekam. Goethe! – Das war der Dreh- und Angelpunkt von vielen, die so wie er nach einem Amt strebten, das Geld einbrachte. Aber noch wichtiger als Goethe war die Beziehung zu Charlotte. Er konnte nicht mal mit ihr darüber sprechen, denn er wusste, dass sprechen über die Beziehung immer der Beginn eines Missverhältnisses ist. Das wusste Charlotte auch. Schließlich aber kam es doch zu einem Gespräch.

Das Gespräch begann auf ungewöhnliche Weise zu verrutschen. Sie wussten beide, dass es nicht gut ist, über eine Beziehung zu sprechen. Oder, wie Charlotte sagte, zu raisonieren, sie versuchten es aber dennoch und gerieten sofort in Paradoxien. Nun mussten sie über die Paradoxa reden. Die Struktur ihrer Sprache und die Sophismen, deren sie sich bedienten, machten das aber unmöglich. Sie kannten sich inzwischen einfach zu gut. Und hätten sie eingesehen, dass das Gespräch nicht nötig war, hätten sie es abgebrochen und den Rest Charlottes Hingabe überlassen. So aber verfingen und verhaspelten sie sich, kreisten mal um dieses, mal um das nächsthöhere Problem und gerieten schließlich in Streit. – Nun standen sie da, zwischen den Bollwerken, die sie aufgerichtet hatten, ohne es zu wollen, und sahen sich mit erschreckten Augen an. Dann erkannten sie, was sie angerichtet hatten. Sie waren zu klug, um jene Bollwerke nicht wieder einreißen zu können. Sie taten es, indem sie sich die Hände reichten. Die Berührung tat beiden gut, wie überhaupt der Körper oft versöhnlicher ist als der Mensch. Aber ihnen war auch klar, dass sie miteinander rivalisierten. Dieses Rivalisieren ist aus keiner menschlichen Beziehung herauszubringen, obwohl manche es zuweilen glauben. Aber eigentlich hatten sie die Rivalität längst überwunden. – Waren sie nicht gemeinsam in Goethes Imperium eingedrungen und hatten hinter die Kulissen geschaut? – Hatten sie nicht Riemer auf ihre Seite gezogen? Hatten sie Goethe nicht besser erkannt als jeder andere? Ja, sie hatten Goethe „studiert" und beobachtet wie einen Käfer. Er hatte unter ihrer Lupe gelegen, und sie hatten das nur gemeinsam geschafft! – Ihre Gemeinsamkeit war ihre Stärke. – Aber eine Symbiose war es auch nicht, dazu waren sie beide zu stark. In ihrer beiderseitigen Autonomie, die sie teilten, war ihre Stärke. Hatten sie sich bei ihren Gesprächen im Kreis gedreht? – Natürlich, wie immer, wenn man über die Beziehung redet. Aber jeder von ihnen war dadurch noch ein bisschen klüger oder klarer über sich selbst geworden. Sie beschlossen, für eine Weile nach Jena zu gehen. „Die politische Neuordnung Europas durch Napoleon wird nicht lange dauern", hatte Charlotte gesagt. Und sie sollte sich als die richtige Prophetin erweisen. Sie quartierten sich wieder im Gasthof Zur Tanne ein, besuchten Fromanns. Minchen Herzlieb war nicht zu sehen. Als sie am zweiten Abend in der Gaststube der „Tanne" saßen, sprach sie ein Mann, nicht alt, nicht jung, vom Nebentisch an und sagte wie nebenbei: „Sie waren doch in den Mordfall um den toten Mönch verwickelt. Ich habe am Abend seines Todes im Weißen Schwan in Weimar mit ihm gesprochen. Er war ganz aufrichtig zu mir und deutete kurz an, dass er sich bedroht fühle. Er sagte, auch nach Nachfragen, nichts Näheres, nur, dass er aus Rom und aus Ehrenbreitstein komme. Er sei weitgereist, und über das, was ihn hierherführe, müsse er schweigen. Einige Zeit später war er tot! – Wie sind Sie denn in die Sache hineingezogen worden?"

Christ antwortete, bis dato habe er noch niemanden kennengelernt, der Bekanntschaft mit dem Verstorbenen gemacht habe. Ob er wirklich ermordet worden sei, sei unklar. Er selbst halte einen unglücklichen Zufall für wahrscheinlicher. Wer oder was wirklich dahinterstecke, werde man wahrscheinlich nie herausbekommen. Sie seien an der Quelle des Egerwassers gewesen, das vergiftet worden sei. Ob der Mönch überhaupt an Gift gestorben sei, sei fraglich. Auf jeden Fall habe er Arsen im Leib gehabt.

„Der Schlüssel muss bei Goethe liegen", sagte der Fremde und „nichts für ungut", erhob sich und verschwand ins Freie. Offensichtlich war er kein Hotelgast gewesen.

„Da haben wir ja noch eine Menge vor uns", sagte Christ zu Charlotte.

„Unsere ungewisse Zukunft, vor der wir hierher geflohen sind und die Schatten der Vergangenheit in Gestalt dieses unseligen Mönchs. Wir müssen zurück nach Weimar, unsere Chance suchen und versuchen, Goethe wieder etwas näher zu kommen."

Die Lösung

Am Freitag, dem 2. Dezember 1808 waren sie wieder in Weimar. Sie sprachen bei Goethe vor und wurden für den gleichen Abend zu Tisch eingeladen. Sie speisten mit Goethe, dem Hofschauspieler Johann Friedrich Deny und Caroline Ulrich. Man sprach über den Theaterskandal, den Caroline Jagemann gegen Goethe angezettelt hatte, indem sie einen dressierten Hund auf dem Theater auftreten ließ. Goethe plädierte daraufhin dafür, die Oper vom Schauspiel zu trennen, er würde sich dann nur noch dem Schauspiel widmen. In diese neue Situation mussten sich Christ und Charlotte neu eindenken. Ein Hund auf der Bühne, eigentlich originell. Aber Goethe mochte keine Hunde. Der Herzog war völlig in der Hand seiner Mätresse, und diese, Caroline Jagemann, konnte eigentlich alles durchsetzen, was sie wollte. Goethe würde das noch zu spüren bekommen. Goethe, diese merkwürdige, zwiespältige Natur! An diesem Abend verliebte sich Charlotte ein wenig in Goethe. Goethe war so weltmännisch offen, sprach so freimütig über den Theaterskandal, der ihn tief getroffen hatte, das Charlotte erst glaubte, es sei Mitleid, das sie zu Goethe hinziehe. Eine Beziehung war eine Beziehung, obwohl die zwischen Charlotte und Christ von Anbeginn als Geschäftsbeziehung gedacht und projektiert worden war. Aber dann waren sie sich näher gekommen, Dank Charlottes spontaner Hingabe im Obergeschoss des Weißen Schwans. Sie konnte sich die Macht, die der neunundfünfzigjährige Goethe, ohne etwas dazu zu tun, auf sie ausübte, nicht erklären. Beide blieben lange und tranken viel von dem Tischwein, der unter den Besuchern herumging. Er konnte also nicht nur Achtzehnjährige an sich heranziehen, sondern auch eine fast dreißigjährige Frau, die intelligent und belesen war, und schon einiges an Lebenserfahrung hinter sich hatte. Noch dazu war sie mit Johann Friedrich Christ zusammen, der auch nicht dumm war, und ihr im Denken zu Hilfe kam. Es war bestimmt eine Angstblüte, denn Goethe flößte ihr auch mächtig Respekt ein. Wenn sie sich nicht gehörig zusammennahm und er es wollte, könnte er ihnen beiden schaden. Sie beschloss, ihre Gefühle für sich zu behalten und allenfalls mit Christ darüber zu sprechen. Der würde ihr schon über ihr Ausgleiten hinweghelfen.

Christ war Charlottes Gefühlsanfälligkeit nicht entgangen, und als sie sich nachts in ihren zwei nebeneinanderstehenden Einzelbetten ausruhten, und nicht einschlafen konnten, legte Charlotte ein Geständnis ab. Christ war gar nicht überrascht, sagte aber, dass das keine Angstblüte, sondern eine Scheinblüte sei. Er hatte vor Goethe als Rivale noch nie Angst gehabt. Er, Christ, war der Modernere der beiden, das wusste er. Er wusste aber auch, dass es manche tiefe Gedanken Goethes waren, die Charlotte anzogen.

„Wir werden weiter zu den abendlichen Einladungen Goethes gehen", sagte er, „denn Angst wittert Goethe, und wir sind beide finanziell nicht unabhängig. Langsam, pragmatisch und mit seinem Sinn für das Machbare wird er versuchen, dich an sich zu ziehen. Du spielst doch hoffentlich nicht mit dem Gedanken, dich mit ihm einzulassen. Das gäbe auch hier in Weimar einen Sturm der Entrüstung. Sein Sohn sähe sein Erbe in Gefahr und so weiter. Was zieht dich eigentlich an ihm an? – Der alte Mann hat ja kaum noch Zähne!" Und er wies sein gleichmäßig fletschendes Gebiss mit weißen Zähnen vor. „Und dann die ganzen Jungfrauen um ihn herum."

„Als Mann zieht er mich auch gar nicht an, aber als Genie!"

„Goethe ist kein Genie, er ist nur besonders schlau!"

„Hör dir doch mal an, was er über Newton gesagt hat. Man könnte Newtons Fallgesetze auch in einer Ode darstellen. Das stimmt. Und dann das: Der Mensch ist als erkennendes Wesen aus dem Erkannten hervorgegangen. Damit erledigt sich alle Philosophie, vor allem Kant. Obwohl ich Kant sehr schätze. Denk nur an Schiller, der an der Kantschen Philosophie zugrunde gegangen ist. Und jetzt kommt Goethe und erledigt Kant mit einem Satz. Obwohl ich mir sicher bin, dass Goethe Kant nur aus zweiter Hand kennt und keinen einzigen Satz von ihm gelesen hat. Ja, die Außenwelt ist auch ich! – Manche, wie der Sohn von Adele Schopenhauer, quatschen etwas Ähnliches daher."

„Tiefer als der kann man nicht denken", sagte Christ, „du siehst, wir sind schon wieder bei uns, und Goethe war für uns nicht einmal eine lüsterne Liebelei."

„Es war gut, mit dir gesprochen zu haben", sagte Charlotte, „wenn man einmal in seinen Bannkreis geraten ist, ist es schwer, da wieder herauszukommen. Aber wir werden nicht so tun, als ob wir Angst hätten und, wenn wir eingeladen sind, zu den Abenden gehen."

Sie waren auch am nächsten Abend wieder da, und Charlotte registrierte, dass das Gespräch mit Christ seine Wirkung getan hatte. Sie beobachtete jetzt Goethe wie ein seltenes Insekt unter der Lupe. Humboldt war mit seinem Sohn Theodor zu Gast, und Goethe dozierte über Theater, Musik und römische Angelegenheiten. Musik sei die reine Unvernunft, sagte Goethe, und die Sprache habe es nur mit Vernunft zu tun. Die Sprache mit Vernunft? Darüber konnte Charlotte jetzt nur noch lachen. Ein Messer ohne Griff, an dem die Klinge fehlt. Der Satz war sprachlich und grammatisch völlig korrekt, aber auch völlig sinnlos. Mit der Sprache ließ sich alles drehen. Sie wurde von Goethe völlig überschätzt. Ebenso wie das Nibelungenepos, über das er an den folgenden Tagen dozierte. Ja, Deutschland hatte eine literarische Tradition, das war aber auch alles. Sie sahen, mit welch zärtlicher Sorgfalt sich Christiane um Humboldts Söhnchen kümmerte, und dachten, dass dieses Naturwesen für Goethe doch die einzig richtige Frau war. Goethe würde also in Weimar verweilen und dann zum Druck der Wahlverwandtschaften nach Jena gehen. Sie würden bleiben, ihm folgen und versuchen, sich Druckbogen von dem Roman zu besorgen, um Cotta früher als Goethe etwas Substantielles sagen zu können. Bis dahin würden sie sich Cotta gegenüber still verhalten.

Sie waren mit Goethes Abendrunden in eine aristokratische, hochpolitische Gesellschaft geraten und bemühten sich, nicht als Unterklässler oder von den Geldern Cottas Abhängige aufzufallen. An jedem Abend waren andere illustre Gäste da, denn vormittags las Goethe seinen Damen die Nibelungen vor, die ihm Teutschen Merkur übersetzt erschienen. Goethe las viel, teilte aber auch viel mit, immer in Kontakt mit Serenissimus, der in allen Dingen das letzte Wort hatte und dem sich Goethe „fürs ganze Leben attachirt" fühlte. Zacharias Werner verglich bei einer seiner Sonettlesungen den Mond mit einer Hostie und wurde von Goethe „saugrob" angefahren. Goethe sprach von „schiefer Religiosität". Werner versuchte, ihn zu versöhnen, indem er mit seiner Frau walzte. Goethe las neue Theaterstücke von jüngeren Autoren, die ihm zugesandt wurden, auf ihre Tauglichkeit für die Weimarer Bühne hin. Frau von Stein erschien zum ersten Mal an einem Teeabend von Goethes Frau Christiane. Es war wie ein Tabubruch. Goethe war aufgestiegen. Sein Großvater war Schneider und eingeheirateter Gastwirt gewesen. Jetzt überwogen die Höflichkeitsbekundungen gegen den Adel und gegen ebenfalls Aufgestiegene. Er war sehr eng mit Wilhelm von Humboldt, dem er sagte, er habe für seine Wahlverwandtschaften noch einige weibliche Charaktere gehabt, die er bis jetzt noch nicht habe anbringen können. Einer dieser weiblichen Hauptcharaktere wird wohl die Maitresse des Herzogs und seine Hauptrivalin in der Theaterleitung Caroline Jagemann gewesen sein. Er trug ständig den Französischen Orden der Ehrenlegion und sagte zu Napoleon „mein Kaiser".

So begann das Jahr 1809, und Christ und Gnändinger hörten viel von Riemer, den sie hin und wieder auf der Gasse trafen. Nein, Goethe würde dieses Jahr nicht nach

Karlsbad gehen. Er wolle in Jena den Druck der Wahlverwandtschaften überwachen. Spätestens im Mai würde er
hinüberfahren. Die Geschichte der Farbenlehre mache ihm
so viel Arbeit, dass er die Wahlverwandtschaften den zweiten Teil der Farbenlehre genannt habe. Er vermittelt einen
jungen Bassisten, eine junge Sängerin an den Hof, er staunt
„über die Großheit" des Nibelungenliedes. Kurz, er ist der
Hansdampf, der Mann, ohne den in Weimar nichts geht,
an dem keiner, auch nicht der Geringste, vorbeikommt.
Goethe und der Herzog wollten über alles im Herzogtum
informiert sein. Goethe zürnte „über das Unwesen unserer
Zeit" und schrieb spitzfindige Sophismen an Sylvie von
Ziegesar: „Auch Ihre Klagen tun mir wohl, weil ich weiß,
dass Sie sich dadurch erleichtert fühlen." Immer wieder
Goethes Wutanfälle bei den abendlichen Geselligkeiten.
Am Freitag, dem 3. Januar 1809 gab es in der Redoute ei-
nen großen Maskenaufzug. Es war alles unglaublich pom-
pös, und Christ und Charlotte, die auch eingeladen waren,
staunten, wie sich die ganze kostümierte Gesellschaft von
Goethe arrangieren und kommandieren ließ.

Ja, Goethe war der wahre Ideengeber und Herrscher
Weimars. Die Verschwendung war immens, und Christ und
Charlotte fragten sich, wie lange hundert Strumpfwirker in
Apolda von den Ausgaben für das Maskenfest hätten leben
können. Riemer steckte ihnen noch, dass Goethe sich jetzt
intensiv mit Descartes beschäftige. Aber nur wegen dessen
Versuch über die prismatischen Farben. Goethe und Descartes, dachte Christ, einen größeren Widerspruch kann
es gar nicht geben. Goethe streute immer wieder Paradoxien aus: „Der reine wahre Despotismus entwickelt sich
aus dem Freiheitssinn, ja, er ist selbst der Freiheitssinn mit

dem Gelingen." Der Mensch sei zum Glauben und nicht zum Schauen gemacht. Demoiselle Ulrich war jetzt jeden Tag am Mittagstisch. Zwischendurch die Freimaurerloge. Goethe beschäftigte sich mit der neuen Schulordnung. Es gab nichts, das an ihm vorbeiging. In dieser realen Welt, sagte er, gebe es noch eine Welt des Wahns, die viel mächtiger sei als die reale. Cotta war auf der Reise zur Leipziger Messe in Weimar abgestiegen. Ganz kurz besuchte er auch Johann und Charlotte in ihrer Wohnung in der Marienstraße. Er schärfte ihnen ein, ihrer Aufgabe treu zu bleiben und nicht eher abzulassen, bevor sie ihm ein paar Druckbogen der Wahlverwandtschaften nach Stuttgart geschickt hatten. Danach seien sie von ihren Verpflichtungen entbunden.

Am Freitag, dem 21. April 1809 speiste Cotta bei Goethe. Goethe widmete sich danach der Farbenlehre. Am Samstag, dem 29. April stieg er mit Riemer in seinen Landauer und fuhr zum Druck der Wahlverwandtschaften nach Jena. Einen Tag später reisten Christ und Charlotte ihm nach.

In Jena hatte Christ Zeit, über den toten Mönch nachzudenken. Charlotte von Stein? Nein! Der Tote war aus Rom gekommen, und da lag nach wie vor der Schlüssel zu seinem Motiv. Vor zwanzig Jahren war Goethe selber in Rom gewesen, und Riemer hatte ihnen erzählt, dass er ein Verhältnis mit einer jungen Italienerin gehabt habe, die er in seinen Römischen Elegien Faustina genannt hatte. Goethe und Riemer waren ja beide in Rom gewesen, und so oft sie sich über diese Stadt unterhielten, habe Goethe von Faustina, wie er sie nannte, erzählt. Sie sei eine junge Witwe mit einem kleinen Kind gewesen, die Goethe von

Herzen geliebt habe. Oft habe er sie auch abends in die Pension Collina zum Essen eingeladen. Es wurden dann die wahren Leckerbissen serviert: Wachteln, Hähnchen, Lerchen und Drosseln, statt des sonst üblichen Schweinefleisches. Es war ein festes, kontinuierliches Verhältnis und hatte mit käuflicher Liebe nichts zu tun. Goethe fürchtete nichts mehr als die Ansteckung. Aber Goethe versah die kleine Familie doch mit viel Geld: „Besser ist ihr Tisch nun bestellt, es fehlet an Kleidern / fehlet an Wagen ihr nicht, der nach der Oper sie bringt." Ab und zu war auch die Mutter bei ihren abendlichen Schlemmereien dabei.

Aber Goethe schrieb auch in den Elegien, dass, bevor er mit Faustine zusammen war, zwei hohe geistliche Herren versucht hatten, sie zu verführen. Es waren Monsignore Alessio Falconieri und der Kardinal Gianfrancesco Albani, die in den zeitgenössischen satirischen Texten als große Schürzenjäger verhöhnt wurden. Goethe hatte ihre Namen in den Elegien genannt. Die Ausschweifungen Albanis fanden sogar die Aufmerksamkeit des Marquis de Sade, der in seinem 1795 erschienenen Roman „Juliette" Albani als Wüstling beschrieb. Die beiden Prälaten müssen sich über Goethes Erfolg bei Faustina zutiefst geärgert haben. Sie versuchten immer wieder die junge Frau in ihre Bischofsresidenz in Ostia zu locken. Und es ist nicht unwahrscheinlich, dass sie Goethe ein Leben lang seinen Erfolg nicht verziehen. Hass hält sich lange, und warum sollten sie nicht erst zehn Jahre später einen Anschlag auf Goethes Leben gestartet haben. „So habe ich von Herzen Rotstrumpf immer gehasst und Violettstrumpf dazu", heißt es in den Römischen Elegien. Die beiden so öffentlich Identifizierten werden sich mit ihren Mitteln dagegen gewehrt haben. Nach einer Zeit lange genug, dass niemand mehr an sie dachte.

„Andererseits", sagte Charlotte, als Christ ihr seine Gedanken vortrug, „mussten sich Liebende vor der gefährlichen Neugier der Nachbarn schützen. Alle römischen Pfarreien standen unter der Aufsicht des Vikariatsgerichtes, und wenn man die inkriminierte Frau nicht heiratete, kam man auf die Galeere. Warum haben die beiden Prälaten nicht diesen Weg gewählt, Goethe zu denunzieren?"

„Sie wollten nicht wie begossene Pudel dastehen, und sie scheuten auch das Licht der Öffentlichkeit. Sie waren als römische Kirchenmänner bekannt genug, und der Prälat stand auch unter der Aufsicht der Diazösanbehörde, die über die guten Sitten wachte. Da warteten sie lieber ein paar Jahre."

„Das Verhältnis wurde am Ende im gegenseitigen Einverständnis aufgelöst, und Goethe schickte Faustina aus Deutschland noch eine Riesensumme, tarnte sie aber als ein Geschenk seines Dieners Philipp Seidel. Man weiß nicht, wie es Faustina weiter ergangen ist, denn Goethe vernichtete alle Zeugnisse."

„Die Spur weist nach Rom und ist nach allem, was Riemer erzählt hat, die glaubwürdigste."

„Beweisen können wir natürlich nichts. Ob Falconieri und Albani noch leben?"

„Aber woran ist der Mönch gestorben, wenn er einen Mordauftrag hatte? Er starb doch an Arsen. Hat er kurz vor dem Ziel Gewissensbisse bekommen und sich umgebracht?"

„Das scheint mir die glaubwürdigste Version. Ob wir Goethe von unserem Verdacht erzählen sollen? – Am Ende ist er schon selbst darauf gekommen. Jedenfalls weiß er, dass du ganz unschuldig bist, sonst hätte er sich damals nicht für deine Entlassung aus dem Polizeigefängnis stark gemacht."

„Ja, ich bin sicher, dass Goethe den gleichen Verdacht hat und dass er darüber schweigt, weil er nichts hochgespült wissen will."

„Damit ist die Geschichte, jedenfalls vorläufig, an ein Ende gekommen. Ich bin mir ganz sicher, dass wir die richtigen Fäden entwirrt haben. Nur der Zufall, dass der Mönch gerade in unsere Kutsche eingestiegen ist, kommt mir fragwürdig vor."

„Er wusste, dass wir nach Weimar fahren und hat sich einfach daran gehängt. Und „Christ" hat er in seiner Gemütsverfassung kurz vor seinem Tod in den Staub geschrieben. Er hat dann deinen Namen ja nie erfahren."

„Dass eine so alte Geschichte so weite Kreise zieht", sagte Charlotte, „und dass gerade wir involviert werden. Jedenfalls sind wir dadurch ein Stück in Goethes näheres Interesse geraten. Die Prälaten müssen den Mönch nach Ehrenbreitstein geschickt haben und dann nach Weimar. Dieser Fall ist für uns beendet. Es bleibt uns nur noch Cottas Auftrag, und das Vergnügen!"

„Ist mir recht", sagte Christ, „fangen wir gleich damit an", und er begab sich in das zweite Bett des Gasthofs Zur Tanne in Jena.

Dankbarkeit

In Jena empfing sie der Frühling. Und nach dem Morgenmahl wanderten sie zum Botanischen Garten, dann zum Paradies und wieder zurück und beschlossen während des Spaziergangs, die Sache, die sie herausgefunden zu haben glaubten, Goethe vorzutragen. Am Freitag, dem 5. Mai 1809 fanden sie sich morgens bei Goethe in seinem Domizil im Schloss ein. Goethe hatte gerade eine Nierenkolik hinter sich und konnte sie nicht empfangen. Er kam kurz herein und sagte nur: „Man muss sich nur in acht nehmen, dass man sich nicht gleich wieder für ganz gesund hält!" Wenn sie ihn einmal allein sprechen wollten, so lasse er demnächst in die Tanne schicken. Karl Eisfeld, sein Diener, sei ihm immer zur Hand. „Wäre ich klug gewesen, so hätte ich diesem letzten Anfall ausweichen können. Ich fühle erst jetzt, wie notwendig ich es habe, mich von einem so langen verdrüsslichen Winter zu erholen." Christ und Gnändinger hatten mit dieser Art der Vertröstung nicht gerechnet, fanden sich aber in ihr Schicksal und warteten ein paar Tage. Jetzt war es klar, dass der neue Roman hier in Jena bei Frommann gedruckt würde und dass Goethe hierbleiben würde, um den Druck zu überwachen und zu redigieren. Riemer hatte den Schnupfen, aber sie kamen an weitere Informationen doch heran. Goethe verkehrte während ihrer Wartezeit viel mit seinem Urfreund Knebel und Geheimrat Loder. Trotz seiner Anfälligkeit tat er jeden Tag und jeden Abend etwas anderes. Am Donnerstag, dem 18. Mai 1809 kam seine Frau Christiane aus Weimar, und so gelang es wieder nicht, Goethe allein zu sprechen. Freitag fuhr Christiane nach Weimar zurück. Sie hatte doch mit eigenen Augen sehen wollen, ob Goethe nicht zu Sylvie von Ziegesar ins nahe Drackendorf hinüberwieselte. Am Pfingstmontag, dem 22. Mai 1809 schickte Goethe Karl Eisfeld mit der Nachricht zu ihnen, dass sie am Abend dieses Tages „für ein Stündchen" willkommen seien. Goethe hatte in dem kleinen Zimmer, in dem er im Schloss arbeitete und aß, ein Buch des Juristen Heinrich Kornmann auf dem Tisch liegen und wies ihnen zwei schmale, geradlinige Stühlchen an. Beiden, Christ und Gnändinger, fiel es schwer, nicht mit der Tür ins Haus zu fallen. Goethe trug einen blauen Überrock und gepudertes Haar ohne Zopf. Sie brachten das Gespräch auf Goethes Antikensammlung, von da auf Rom und von dort auf ihr Thema. Goethe hörte ihnen verwundert zu. Als Christ und Gnändinger, einander ins Wort fallend, geendigt hatten, hatte Goethe Tränen in den Augen. „Sollte es so sein, dass mir die einzige Liebe zu einer Frau vor der meinigen zum Verhängnis werden sollte? Ja, ich habe die junge Frau, die ich in den Elegien Faustina nenne, von Herzen geliebt. Ich wusste auch, dass ihr andere, Mächtige nachstellten. Wir verbrachten Zeit miteinander, ihre Mutter war mitunter auch dabei, und wir waren ein paarmal auch zusammen in der Oper. Ich habe mich oft als Geistlicher verkleidet, wenn ich nachts zu ihr ging. Die Prälaten stellten ihr ja auch nach. Die Nachbarn waren wachsam, und Faustinas wachsender Wohlstand erregte Neid. Das Vikariatsgericht wachte in Rom über die strenge Einhaltung der Sitten. Der tote Mönch könnte mit dem Komplott, das sie aufgedeckt zu haben glauben, in Zusammenhang stehen. Aber bedenken Sie, alles liegt über zwanzig Jahre zurück. Vielleicht leben Albani und Falconieri gar nicht mehr. Eigentlich halte ich das Ganze für sehr unwahrscheinlich."

„Falconieri und Albani könnte Mitwisser gehabt haben, die jetzt den Plan ausführten", sagte Charlotte, „man weiß nicht, ob mit dem Tod des Mönchs alles erledigt ist."

„Ich werde wachsam sein", sagte Goethe, „aber ich schulde Ihnen Dank für Ihre verstandeskräftigen Nachforschungen. Sehen Sie ab und zu ins Jenaer Schloss in mein Stübchen hinein, wenn es Ihnen nicht zu karg ist. Sie werden mir immer willkommen sein."

So hatten sie Zugang zu Goethe und lebten sein Leben in Jena mit. Am Montag, dem 29. Mai 1809 gingen sie wieder hin. Christiane war wieder abgereist, und Goethes enge Stube war voll mit Menschen. Der Protonotar Kayser, die Malerin Louise Seidler, der Gothaische Geheimrat von Ziegesar mit Tochter Sylvie und Goethe, bekanntlich ebenfalls Geheimrat. Goethe war ganz der Politiker, versunken in ein Gespräch mit von Ziegesar. Sylvie war in der zweiten Stube geblieben und als sie hörte, dass Goethe im Nebenzimmer war, flog sie herein und erdrosselte den fast Sechzigjährigen fast mit ihren Armen. Alles war pikiert. Da war doch mehr, dachte Christ. Sylvie setzte sich glühendrot neben Goethe an den Tisch und wich keine Sekunde von seiner Seite. Man sah, dass es Goethe sichtlich unangenehm war. Er hat die Liebelei, oder mehr, die ihm als Inspiration für seinen Roman gedient hatte, nicht so ernst genommen, dachte Christ. Nur in seinen spärlichen Briefen trat sie noch hervor. Am Abend aber, so hörten sie von Karl Eisfeld, war er mit Sylvie „ausgegangen". Goethe verschickte an viele Bekannte das Gedicht „Johanna

Sebus" und bat um ein Echo. Die nächsten Tage und Wochen dienten der Fertigstellung und Redaktion der Wahlverwandtschaften. Im Gespräch über diesen neuen Roman verknüpfte Goethe seine Bemerkungen mit herablassenden Äußerungen über die Weiber: „Weiber scheinen keiner Ideen fähig, – kommen mir sämtlich vor wie die Franzosen – nehmen sich überhaupt mehr von den Männern, als sie geben." Christ blickte bei diesen Worten Charlotte an, und sie sagten nichts. Goethe erzählte, dass Christiane in seiner Abwesenheit in Weimar für das Wohlsein der Hausgäste sorgen musste. Es lebte aber in Goethe ein starker Drang, die Wahlverwandtschaften fertigzubekommen. Jenen Roman, den er, wie er Zelter schrieb, „in den Böhmischen Bergen konzipiert und angefangen hatte. Ich habe viel hineingelegt, manches hineinversteckt. Möge auch Ihnen dies offenbare Geheimnis zur Freude gereichen." – Nebenbei arbeitete er an der Drucklegung der Farbenlehre. Ein ungeheures Pensum, bald am sechzigsten Bogen. An der Ackerwand in Weimar sollte Bauplatz vergeben werden, und Goethe befürchtete einen unbequemen Nachbarn. An seine Frau Christiane in Weimar schrieb er: „Aufs Bauen werden wir uns in der Welt wohl nicht mehr einlassen, und wir müssen abwarten, was wir für Nachbarn kriegen." An Frau von Stein schrieb er: „Freilich gehört zum letzten Zusammenarbeiten, ich will es nicht Ausarbeit nennen, noch die größte innere Harmonie, damit auch das Werk harmonisch würde." Riemer, der stark unter Stimmungsschwankungen litt, erzählte ihnen, dass im Tagebuch, das Goethe ihm diktierte, immer wieder die Notiz stand: „Den Roman durchgegangen." Und schon wurde der ganze erste Teil revidiert. Es wurde Juni, und Goethes Interessen galten nur noch der Fortführung der Wahlverwandtschaften. Riemer erzählte, nicht ohne Stolz, in welcher Weise er in die Konzeption, ja sogar in das Niederschreiben einzelner Teile, eingebunden sei. Goethes Frau Christiane fuhr nach Kahla und machte in Jena Station. An Sylvie schrieb Goethe einen neuen Sophismus: „Auf mancherlei Weise bleib ich Ihr Schuldner und kann wenigstens hoffen, dass Sie deshalb an mich denken werden." Er hatte also ein schlechtes Gewissen. Am gleichen Tag, als er das schrieb, am Dienstag, dem 13. Juni 1809, fuhr er zurück nach Weimar. Er blieb dort einen Monat und zehn Tage.

Christ und Gnändinger bemerkten sofort, dass Jena ohne Goethe langweilig war. Zu Frommanns wollten sie nicht, und so verbrachten sie diese eineinhalb Monate mit Wanderungen in die Umgebung. Geld hatten sie genug, denn Cotta hatte noch eine ordentliche Summe für sie trassiert. Sie hörten, dass Goethe in Weimar fleißig die Bibliothek besuchte. Die Farbenlehre schien ihn wieder stärker im Griff zu haben als die Wahlverwandtschaften. „Was die Franzosen unter den Männern sind, das sind die Weiber unter den Menschen", sollte er am Mittagstisch noch einmal gesagt haben. Der Satz wurde sogleich nach Jena kolportiert, denn ab und zu trafen sie den rüstigen, fußwandernden Knebel im Paradies, der es ihnen erzählte. Am Sonntag, dem 23. Juli 1809 war Goethe wieder in Jena. Den Weimar-Abstecher hatte er gemacht, weil er am Geburtstag der Prinzessin Karoline, dem 18. Juli, nicht fehlen wollte.

Gleich am ersten Tag seiner Ankunft kamen die Familien Ziegesar und Seidler zu Besuch. Die Malerin Louise Seidler erzählte Christ und Gnändinger später, Sylvie hätte sich peinlich aufgeführt und Intimstes herumerzählt. Besonders ihr ausführlicher Bericht über ihre Wanzenstiche am ganzen Körper habe sie, Louise Seidler, indigniert. Goethe sei auf diese Art der Kommunikation eingegangen, und sie, Louise Seidler, habe sich entsetzlich geschämt. Wenn Sylvie solche Reden von sich gebe, müsse die Intimität zwischen ihr und Goethe größer gewesen sein, als man allgemein annehme. Goethe habe das alles nichts ausgemacht und es als selbstverständlich angesehen. Goethe zeichne viel. Es war für ihn, so sagte er, wie für andere das Tabakrauchen.

Zufällig sahen Christ und Charlotte auch Sylvie von Ziegesar. Sie sah genauso aus wie auf dem Pastellgemälde von Louise Seidler. Das schmale Gesicht mit der leichten Hängenase, die Frisur antik à la mode, schöne kluge Augen. Und als sie mit ihrem Vater leichtfüßig davonschritt, sah man, dass sie eine ungewöhnlich gute, schlanke Figur hatte. Da konnte man Goethe verstehen, dachte Charlotte. Sylvies Gestalt hatte etwas ungemein Anziehendes, und Goethe mochte etwas freche, junge Frauen. Ein Mädchen war diese hier nicht mehr.

Beim nächsten Besuch sprachen sie mit Goethe über Lichtenberg. Goethe hatte das Gespräch darauf gebracht. Dieser Gelehrte, der 1799 mit fünfundfünfzig Jahren gestorben war, unter Wirbelsäulenverkrümmung, Buckel und geringer Körpergröße litt, hatte acht Kinder zurückgelassen. Er war Professor für alle Sparten, die es an einer Universität geben konnte. Von Mathematik und Physik bis hin zur Ästhetik. Goethe erzählte, dass er Lichtenberg 1792 um dessen Meinung zu seiner Farbenlehre gebeten und vergeblich auf Anerkennung gehofft hatte. Auch

Lichtenberg, wesentlich hässlicher als Goethe, hatte sich zu ganz jungen Mädchen hingezogen gefühlt. Er hatte sein Hausmädchen Margarethe Kellner in sein Haus genommen, mit der er acht Kinder hatte. Goethe rechnete es Lichtenberg hoch an, dass er sich zur Aufklärung bekannt hatte und keine Theorien in die Welt gesetzt hatte, ohne sie vorher durch empirische Versuche zu bestätigen. Den von ihm erfundenen Blitzableiter probierte er 1780 an seinem Gartenhaus in Göttingen aus. Aphorismen aus seinen „Sudelbüchern" erschienen zum ersten Mal in seinen „Vermischten Schriften". „Ein ungewöhnlicher Mann", sagte Goethe, als Christ und Gnändinger ein wenig insistierten, „schade, dass er meine Farbtheorie, die besser ist als die Newtons, nicht verstanden hat." Christ und Gnändinger sahen sich an. Die Gelehrten waren doch alle irgendwie ähnlich.

Am Montag, dem 24. Juli überraschten sie Goethe beim Zeichnen. Goethe knüpfte an das Gespräch über Lichtenberg und die Naturwissenschaften an. „Die chemischen Formeln sind sittliche Symbole", sagte er, „alle sind anthropomorphisiert, auch die Symbole der Mathematik. Nur gehören die einen dem Gemüt, die anderen dem Verstande an. Wir müssen", sagte er, „wenn wir das Unbegreifliche nicht anerkennen wollen, daran glauben! Descartes und Newton sind für mich eines." Da haben wir es, dachte Christ, von Descartes versteht er also gar nichts. So redet man, wenn man nichts versteht.

Nächste Woche sollte der Druck des Romas beginnen. Christ und Gnändinger hofften, ein paar Druckbogen für Cotta zu ergattern. Der Roman würde gut, das wussten sie. Und an Sylvie schrieb Goethe: „Sobald ich in meinen Arbeiten hier Licht sehe, bin ich bei Ihnen und hoffe Sie vergönnens mir auf einige Zeit." Sylvie, immer wieder Sylvie! – Das hielt ihn aber nicht davon ab, Christiane in Weimar Kirschen zu schicken, dazu Feigen für den kranken Herrn von Wolzogen. Und er revidierte und revidierte. Riemer erzählte viel davon. In zwei Monaten sollten die Wahlverwandtschaften fertig sein. So ein Druck dauerte. Am Freitag, dem 28. Juli 1809 wurde der Anfang in die Druckerei geschickt. Am Sonntag darauf hielt Goethe die ersten Druckbogen in Händen. – Ich kann es gar nicht erwarten, den ganzen Roman in Händen zu halten und in einem Stück durchzulesen, dachte Christ, er muss furchtbar interessant sein und allerlei offenbaren, manches wahrscheinlich auch ungewollt. Und das ist das Interessanteste. „Ich denke, er wird Minchen Herzlieb und Sylvie von Ziegesar in einen Schmelztiegel werfen und daraus eine Einheit machen. Beide werden aber nichts davon wahrnehmen, denn Goethe ist Künstler genug und im Verstecken seiner Vorbilder geübt", sagte Charlotte Gnändinger.

Wenn man bedenkt, mit was Goethe seinen Tag zubrachte und was ihn alles beschäftigte, die Gäste, die Abendgesellschaften, die wissenschaftliche Korrespondenz, dann hatte er die Wahlverwandtschaften eigentlich wie nebenbei geschrieben, dachte Christ. Und immer noch war Goethes Tag in Jena vollständig ausgefüllt. Wenn er jetzt abends mal zu Hause war, las er Bücher über Chemie und Färbekunst, denn die Farbenlehre ließ ihn nicht los. Und während er an den Wahlverwandtschaften redigierte, schrieb er den Roman fort. Der zweite Teil des Buches, zum Zeitpunkt des ersten Druckbogens noch gar nicht begonnen, wurde in Angriff genommen. Das dreizehnte

Kapitel des ersten Teils machte ihm Schwierigkeiten. Er musste es umdiktieren. Er muss im Kopf ziemlich schnell sein, dachte Christ. Aber er ließ keine Literaten neben sich hochkommen, vor allem nicht den begabten Bruder seiner Frau, Christian Vulpius. Trotz all seiner Umtriebigkeit schrieb er an seinen Freund Heinrich Meier in Weimar: „Sagen Sie mir manchmal ein Wort: Denn ich bin sehr einsam!" Er sagte zu Riemer, der es ihnen im Wedelschen Garten erzählte, dass die Männer zum Dienen, die Weiber zu Müttern gezogen werden müssten. Der Adel sei von je her dienstpflichtig gewesen. – Charlotte Gnändinger lachte sich darüber halbtot und sagte, Goethe komme ihr vor wie ein altes Fossil. Aber er war kein Fossil, er war nur ein Schriftsteller mit Leib und Leben, der sich dem Adel angeglichen hatte. Er lebte in Jena im Herzoglichen Schloss auf engstem Raum und konzentrierte alle seine Energie auf die Redaktion und Beendigung der Wahlverwandtschaften. Seine Lebensumstände waren so eng, dass er sich, als Kanzler Niemeyer und Professor Delbrück ihn besuchen wollten, mit den beiden bei Knebel, der in Jena wohnte, einlud: „Ich erbiete mich, für eine Portion Wein und für einen Beitrag zum Abendessen zu sorgen." Eine von ihm verfasste Anzeige der Wahlverwandtschaften schickte Goethe an das Intelligenzblatt von Cottas Allgemeiner Zeitung. Sie wurde allerdings erst am 10. September 1809 veröffentlicht. Er bat seine Frau in Weimar, ihm die Badewanne zu schicken, „da ich denn doch auch von Zeit zu Zeit mich im Wasser erfrischen will". Er schrieb ganze Kapitel der Wahlverwandtschaften um und neu, und er schrieb an Frau von Stein, er wolle nicht „eher weggehen als nach völlig vollbrachter Arbeit." Am Abend des

29. August wird der Plan des zweiten Teils der Wahlverwandtschaften durchgegangen. Christ und Gnändinger hatten abends im Griesbachschen Garten Riemer getroffen, der ihnen das alles erzählte.

Die Wahlverwandtschaften

Johann und Charlotte fieberten inzwischen bei der Entstehung des zweiten Teils der Wahlverwandtschaften mit. Ja, alle Welt fieberte mit. Jeder, der mit Goethe in Berührung kam. Und Riemer schrieb, schrieb und schrieb, was Goethe, in seinem kleinen Raum im blauen Überrock auf- und abgehend, diktierte. Goethe ließ sich durch nichts ablenken, nicht einmal durch andere eigene Arbeiten. „Da wird Goethes Verhältnis zur Welt mit einem alles umspannenden Spinnennetz der Kunst verglichen. Aber eigentlich können nur wir beide, Christ und Gnändinger, die wir Goethe aushorchen, etwas Substantielles über ihn und sein Werk sagen. Was immer man über ihn hören mag, er war und ist der Größte. Charakter bleibt in der Kunst, ebenso wie die Biographie, sowieso auf der Strecke", sagte Charlotte. Auch auf Riemer hatte das Prinzip der Kommunizierenden Röhren gewirkt. Dieser hatte sich, noch in Weimar, in eine „lüsterne Liebelei" mit der Frau des Kammermusikus Hirschfeld eingelassen. „Aber die Frau", so Goethe, „ist krank geworden und hat dem Mann Gott weiß was erzählt." Die Frau Premsler in Weimar, „die eine Art Vertraute gemacht hat", sollte nun die Wogen glätten. Der Musiker drohte mit Scheidung und verwirklichte sie auch. Das ging alles auf das Konto Riemers, der sich wieder einmal nicht hatte beherrschen können, als sich eine Gelegenheit ergab. Christiane vermittelte, und die Sache wurde unter den Tisch gekehrt, wie so viel anderes in Weimar. Der Diener Karl Eisfeld hatte Christ und Gnändinger alles gesteckt und dafür ein Trinkgeld bekommen. Christiane sollte Goethe mit der nächsten Post „ein paar Pfund Chocolade" schicken, „denn von dieser und vom Weine lebe ich jetzt vorzüglich". Nervennahrung! Auch eine „geräucherte Zunge" war angefordert. „Lebe recht wohl und bereite uns eine leidliche Winterexistenz vor." Nachdem er seinen Brief an Christiane diktiert hatte, Eisfeld hatte im Nebenzimmer mitgehört, ging Goethe mit Knebel in die nähere Umgebung spazieren.

„Dass es ausgerechnet ein Mönch war, der Ihrer Exzellenz ans Leben wollte, ist dem Zynismus der Rache zu verdanken", sagte Christ beim nächsten Zusammensein mit Goethe in seinem Zimmer im Jenaer Schloss, „die Geistlichkeit wusste sicher, dass Sie damals, als Prälat und als Mönch verkleidet, zu Faustina gegangen sind."

„Dass ich nicht lache", sagte Goethe, „so dumm müsste ich sein, mich davor zu fürchten. Und ganz sicher weiß man ja nichts. Aber Ihr Verstand hat gut gearbeitet, und Ihre Kombinationsgabe ist überwältigend. Wenn das Attentat danebenging, sollte ich wenigstens wissen, von wem es kam. Das steht dahinter. Hat der Mönch in der Kutsche Ihren Namen erfahren?"

„Ja", sagte Christ.

„Dann wollte er von sich ablenken und einen Unschuldigen zum Schuldigen machen, indem er im Schwan Ihren Namen in den Staub schrieb. Einen Zusammenhang zwi-

117

schen Ihnen und diesem Mönch hätte aber kein Kriminalrat herausfinden können."

„Der Mönch war ein pures Werkzeug", sagte Charlotte, „ob er es wusste? Vielleicht haben seine Auftraggeber ihn überwachen lassen und gesehen, dass bei Caspars minderem Geist aus dem Vorhaben nichts werden konnte."

„Es ist möglich", erwiderte Goethe, „wenn überhaupt das, was Sie vermuten, dahinersteckt. Die Geistlichkeit hat einen Scharivari statt eines Plans hervorgebracht." Er ließ eine Flasche Portwein kommen, nahm drei Gläser und schenkte ein.

„Trinken wir auf das Glück im Unglück", sagte er, „denn so will ich das Ganze betrachten. Kommen Sie doch mit ins Museum, ich will dort alte italienische Kupfer ansehen."

Zu Tisch kam Regierungsrat von Müller, Karl-Wilhelm von Lyncker und Kammerrat Stichling. Es war sehr eng, und nach Tisch kam Knebel. In die Gesellschaft platzte die Nachricht herein, dass der Karlsbader Sprudel explodiert und alles verwüstet sei. Die Jahreszeit für die Kur war sowieso vorbei, und dieser Unglücksfall tat ein übriges, um Goethe dieses Jahr in Jena zu halten. Beim Druck der Wahlverwandtschaften hätte man ihn und Riemer auch nicht entbehren können.

Das Gespräch mit Goethe schwirrte Charlotte und Christ im Kopf herum. Goethe war erstaunlich gelassen gewesen. Er wusste, er war ein Glückskind, der Hätschelhans seiner Mutter. Jedes Unglück würde an ihm vorbeigehen.

„Er ist doch der Größte", sagte Christ zu Charlotte, „er hat zwar unter deinem Mikroskop gelegen, aber wissen wir jetzt mehr über ihn? Über das Genie? Über sein Sich-Umtun in allen Wissenschaften? Er weiß mehr als wir und versteht es anzuwenden. Er ist doch der Schlussstein in der deutschen Literatur, und ich kann mir nicht vorstellen, dass nach ihm noch ein besserer kommt."

„Aber sein Charakter", sagte Charlotte.

„Den muss man bei allen Schriftstellern hintanlassen", erwiderte Christ.

„Er hat auch etwas Bitteres", sagte Charlotte, „Riemer sagte mir, Goethe habe eine Zeichnung in der Art Michelangelos von Vulkan, Amor und Venus betrachtet und am 3. August 1805 dazu gesagt: ‚Ein Hahnrei, eine Hure und ein Wechselbalg machen immer eine heilige Familie.' Da hast du, was Goethe über das Zusammenleben denkt."

„An seiner Größe ändert das nichts", sagte Christ. Sie trafen am gleichen Tag Riemer, der ihnen sagte, dass Goethe an Cotta geschrieben habe, einen Preis für diese Arbeit wüsste er nicht auszusprechen. Er hatte ganz schlau an Cottas Großzügigkeit appelliert. Und ihm graute vor dem bevorstehenden Winter. Nur noch zwei Kapitel der Wahlverwandtschaften waren zu drucken. Und am 5. Oktober 1809 schickte er Humboldt „einen kleinen Roman, der soeben fertig geworden". Am Samstag, dem 7. Oktober 1809 war er zurück in Weimar. Wieder tief hinein in den alten Zuständen, in der Nähe der Herzogin, des Erbprinzen und Charlotte von Stein.

Christ hatte jetzt Zeit zu resümieren. Warum Charlotte Gnändinger? – Sie zog doch das ganze Leben in Zweifel. Ein Leben mit Kindern, einem Haus, Wohlstand kam für sie überhaupt nicht in Frage. Und woher auch das Geld für einen künftigen Wohlstand nehmen? Sie waren beide nicht reich. Das Leben, das die anderen führten, interessierte sie nicht. Er hatte in Weimar einen jungen Schweden kennengelernt, der zu Goethe gepilgert war. So ein Leben, ohne die napoleonischen Kriege im Hintergrund, wollte er auch führen. Auf seinen häuslichen Umkreis beschränkt, mit einer hübschen, nichtssagenden Frau. Die Kinder und Enkel in spe schon ausgerechnet. Stimmte mit ihm, Christ, etwas nicht? Aber Goethe lebte doch auch nicht wie jedermann. Wer weiß, was aus ihm geworden wäre, wenn er nicht an den Weimarer Musenhof gekommen wäre? – Er hätte nicht diese Macht in die Hände bekommen, um seine Interessen durchzusetzen. Schreiben allein reichte nicht. Man brauchte sich nur Moritz anzusehen oder Lenz. Klinger hatte es an den Moskauer Hof geschafft, aber kaum mehr etwas Vernünftiges geschrieben. Er galt immer noch als Apologet des Sturm und Drang, den Goethe schon dreimal hinter sich gelassen hatte. Charlotte Gnändinger hätte mit ihrer Bildung und ihren Kenntnissen auch ein Buch veröffentlichen können. Aber wenn er sie darauf ansprach, verwies sie nur auf Charlotte von Stein, die mit ihren „Zwei Emilien" und ihrer „Dido" auch keinen Erfolg gehabt habe. „Eine Frau und schreiben? – Es war nicht die Zeit dafür", sagte Charlotte von Stein.

Ob sie mit ihm zusammenbleiben wollte? – „Natürlich", sagte sie, „ich habe dich ja ausgesucht!" – Ob sie sich eine gemeinsame Zukunft vorstellen könne, wenn die Aufgabe hier bei Goethe beendet sei. „Natürlich", sagte sie, sie habe ja gesehen, wer sonst in Goethes Haus und bei Hofe herumliefe. „Glaubst du, ich schätze dich falsch ein?" fragte sie, „glaubst du, ich weiß nicht, was ich an dir habe? Aber heiraten ohne Lebensgrundlage, wie stellst du dir das vor?"

„Dann eben ohne Pfaffensegen", zitierte er Goethe, „das Rätsel um den toten Mönch scheint mir gelöst. Wir gehen in die Böhmischen Bäder und suchen Bekanntschaften. Unser Geld könnte solange reichen. Ich habe durch Goethe viele Beziehungen geknüpft. Den Winter über bleiben wir in Weimar, in Goethes Nähe, und nächstes Frühjahr fahren wir zurück nach Süddeutschland. Den Landauer schicken wir jetzt bald an Cotta zurück."

Mitte Juni 1810 waren sie in Karlsbad. Das Modebad, dessen heilsame Thermen sie bis auf den Grund erfrischten, brachte ihnen neue Ruhe, Wohlbefinden und einen positiven Ausblick auf ihre Zukunft. Sie hörten unter den zahlreichen Fremden die ersten Stimmen über die Wahlverwandtschaften. Es war bis in diesen Kurort gedrungen. Die Stimmen waren durchaus gemischt. Auch das, was sie unter der Hand von illustren und weniger illustren Gästen zu hören bekamen. Goethe selbst habe gesagt, dass es ihm darauf angekommen sei, „soziale Verhältnisse und die Konflikte derselben darzustellen". Ein Baron, der den Roman gelesen hatte, sagte: „Ich bin aufs Innigste durchdrungen, ich bin erschüttert bis zum Schmerz." Ein anderer Kurgast sagte: „Die Charaktere sind keine wesenlosen Ideen, sondern wahre Personen." Dem konnten Christ und Gnändinger nur zustimmen. Denn sie hatten ja gesehen, wer die lebenden Vorbilder für die Romanfiguren gewesen waren. Ein württembergischer Kammerrat sagte: „Selbst das Schwierigste ist mit einer Delikatesse gegeben, welche noch kein Romanschriftsteller außer Goethe erreicht hat." Auch andere Stimmen gab es. Wilhelm Grimm sollte gesagt haben: „Die erste Hälfte des ersten Bandes ist über alle Begriffe langweilig. Die andere aber herrlich." Und:

„Der Faden ist wohl ganz allmählich abgehaspelt worden. Auch soll Goethe mehreres von Riemer haben umarbeiten lassen und ihm nur den Entwurf gegeben haben." Achim von Arnim sollte bemerkt haben: „Nirgends finden sich mehr Ehescheidungen als unter diesen Klassen." Und Voss: „Der Mann ist unerschöpflich wie die Gottheit." Goethes Freundin Marianne von Eybenberg schrieb ihm: „Nie sind die Buchhändler so bestürmt worden. Es war wie vor einem Bäckerhause in einer Hungersnot." Und Goethe soll gesagt haben: „Das Benutzen der Erlebnisse ist mir immer alles gewesen."

„Er erschließt sich mir immer mehr", sagte Christ zu Charlotte, „durch Anschauen und Nachsinnen dringt er in die Begriffswelt seines Gegenstandes ein oder schafft sich eine neue Begriffswelt. Es ist eigentlich unvorstellbar, aber es funktioniert. Er hat sicher auch für seinen Anti-Newton eine ganze Begriffswelt in der Historie gesucht, die Farbenlehre. Anschauen, besinnen und denken, das ist sein Ding. Wie er das genau macht, ist mir unbegreiflich!" – Für Goethe ist das Licht „Urphänomen", das sich nicht zerlegen lässt. Wir zerlegen es nur mit unserer Begriffswelt – wie alles! „Blicken wir durch die trübe organische Bewegung nach dem Licht hin, so leben und hoffen wir; blicken wir nach dem Finsteren, so hassen wir!" So hatte er es Riemer 1807 ins Tagebuch diktiert. Hatte jemand tieferes über das Licht gesagt, und hätte man nicht tatsächlich alle Newtonschen Gesetze in einer Ode darstellen können?

„Dabei fällt mir ein", sagte Charlotte, „was wäre, wenn der römische Großinquisitor selbst Goethes Tod angeordnet hätte, wie in Schillers Don Carlos, nach allem, was Goethe über Blaustrumpf und Violettstrumpf geschrieben hat? ‚Der Mensch war unser – was befugte sie, des Ordens heilige Güter anzufassen? Durch uns zu sterben war er da.‘ Klug, schauerlich nicht wahr? Und dann weiter: ‚Wir sind bestohlen, und Sie haben nichts als blutige Hände.‘ Dann sagt der König: ‚Leidenschaft riss mich dahin. Vergib mir.‘ Das hatte vielleicht auch der Mönch Caspar gedacht, als er deinen Namen in den Staub schrieb.“

„Dieser Großinquisitor hat mit unserer Geschichte vielleicht nichts zu tun, aber irgendwo ganz oben muss das Ganze ausgesponnen worden sein. – Es ist ja alles nur reine Spekulation. Dahinterkommen werden wir nie.“

„Aber wir sind ziemlich nahe an der Wahrheit“, erwiderte Charlotte. Dann widmeten sie sich wieder der Farbenlehre. „Das Auge hat sein Dasein dem Licht zu verdanken“, sagt Goethe. Das geht wieder gegen Kant. Und wieder wird die Trennung zwischen erkennendem Subjekt und den Sinnesdaten, die es affizieren, hinfällig. ‚Aus gleichgültigen tierischen Hilfsorganen ruft sich das Licht ein Organ hervor, das seinesgleichen werde.‘ Tiefer kann man gar nicht denken. ‚Wär‘ nicht das Auge sonnenhaft, / wie könnten wir das Licht erblicken?‘ hat Goethe geschrieben. Weiter kommt keiner.“

„Es ist die Sprache, die einen solchen Vers möglich macht. So groß er war, über die Sprache hat er nicht nachgedacht. Durch die sogenannte Erkenntnis werden uns nur weitere Begriffsfelder eröffnet. Die Welt aber bleibt tot und stumpf.“

„Die Farben, die Welt, die Sprache! – Und wie geht es mit uns weiter?“ fragte Christ.

„Ich weiß es nicht“, sagte Charlotte, „es ist alles offen.“

Epilog

Charlotte und Christ wurden alt genug, um Minchen Herzliebs Tod, sie wurde sechsundsiebzig Jahre alt, zu erleben. Sie hatten sich immer wieder über ihre Lebensumstände informieren lassen. Minchen war einer der vielen deutschen Charaktere, die von einem evangelischen Pfarrhaus geprägt wurden. Züllichau, wo sie geboren wurde, war eine alte brandenburgische Kreisstadt östlich der Oder. Sie war die älteste von vier Geschwistern. Der Vater war Superintendent und Schriftsteller und hatte wohl vor, bei Frommann, dem er freundschaftlich verbunden war, drucken zu lassen. Aber die Schwindsucht raffte ihn, und drei Jahre später seine Frau, früh hinweg. Der Buchhändler Frommann in Jena nahm das elternlose Kind auf, schließlich hatten ihm die Sachen, die ihr Vater geschrieben hatte, gefallen. Minchen kümmerte sich um Frommanns Tochter Alwina und half im Haushalt. Sie wurde als junge Schönheit in Frommanns gesellschaftsreichem Hause angestarrt. Im Jahr 1808 verließ Wilhelmine Herzlieb nach zehn Jahren in Jena zusammen mit ihrem Pflegevater die Stadt und blieb mehr als vier Jahre in Züllichau, ihrem Geburtsort. Man wollte sie aus Goethes Umkreis entfernen. Im Herbst 1812 verlobte sie sich mit dem jungen Oberlehrer Johann Gottlieb Pfund. Doch Minchen ließ die Hochzeit platzen. War sie je mit einem Mann zusammengewesen? Über Goethe schrieb sie an eine Freundin: „Und ich überdachte, was für goldene Worte den Abend wieder aus seinem Munde gehört hatte, und dachte, was der Mensch doch aus sich machen kann, ich ganz in Tränen zerfloss und mich nur damit beruhigen konnte, dass die Menschen nicht zu einer Stufe geboren sind." – Sie verliebte sich in einen adligen Gymnasiasten („Denk dir, ich habe ihm neun Küsse gegeben."). Aber dessen Mutter schickte ihren Sohn in eine andere Stadt, nach Berlin. Sie heiratete 1817 den etwas verwachsenen Professor Carl Wilhelm Walch. Er war Mitte vierzig, sie zweiunddreißig. Doch in der Hochzeitsnacht wehrte sie ihn mit einem vollen Wasserkrug ab. Walch ließ sich nicht scheiden, und nach seinem Tod mit siebenundsiebzig hinterließ er ihr eine stattliche Rente. Nun wurde bei Wilhelmine eine latente Erkrankung manifest. Nach einem Selbstmordversuch diagnostizierte man „hitziges Nervenfieber", und sie musste in die Heilanstalt Thonberg bei Leipzig. Sie bekam dann wieder eine Wohnung im alten Frommannschen Haus, ging dann wieder nach Züllichau und beendete ihr Leben 1865 in Professor Reimers Heilanstalt für Kranke der höheren Stände in Görlitz, einen wie in die Landschaft gewürfelten blockartigen dreistöckigen Bau, wo sie nur Dank Walchs Pension leben konnte. Sie war kurz in Goethes Röhrensystem gelangt, aber nicht lange darin geblieben. Ein anderes, neues System hatte Goethe stärker geflutet.

Nachwort

Eigentlich wollte ich ein Buch über Goethe und Wilhelmine Herzlieb schreiben. Aber ich sah, dass die Quellen nicht ausreichten. So schrieb ich ein Buch über die Entstehung der Wahlverwandtschaften. Ich war gezwungen, zeitlich über fast drei Jahre zu gehen. Die Geschichte mit dem toten Mönch erfand ich, um ein (mögliches) Komplott des Vatikans zu rechtfertigen, da Goethe ja seine damaligen geistlichen Rivalen um Faustina in den Römischen Elegien benannt hat. Roberto Zapperi hat die Zusammenhänge aufgedeckt. Ich gehe jedoch noch ein paar Schritte weiter. Wirklich auf den Gedanken gebracht hat mich die Figur des unmenschlichen Großinquisitors in Schillers Don Carlos, dessen Persönlichkeit den Höhepunkt des Dramas darstellt. Ich wollte auch das tägliche Leben Goethes in allen seinen Einzelheiten zeigen, das man in keiner Biographie findet. Goethe war viel beschäftigt, und ich fragte mich manchmal, wann er überhaupt zum Schreiben kam. Er benutzte jede ruhige Minute, und davon gab es nicht so viele. Ich habe natürlich auch die anderen zugänglichen Quellen benutzt und einiges für meine Beschreibungen übernommen. Allein das Hervortreten von Goethes einzelnen Äußerungen in diesem Buch (und es gibt deren viele) empfinde ich als emanzipatorisch. Nur der Plot und einzelne Episoden sind ausgedacht. Die äußeren Daten sind wahr und historisch verbürgt. Ich verdanke sie vor allem Robert Steiger (Goethe Tag für Tag), Friedrich Strack, Hg (Evolution des Geistes, Jena um 1800), Georg Kurscheidt, dem Herausgeber von Riemers Römi-

schen Tagebüchern, Werner Liersch (Goethes Doppelgän-
ger), Effi Biedrzynski (Goethes Weimar), Johannes Urzi-
dil (Goethe in Böhmen), Hazel Rosenstrauchs Buch über
Caroline von Humboldt, Roberto Zapperi (Das Inkognito),
Friedrich Wilhelm Riemer (Mittelungen über Goethe) und
besonders natürlich Goethes Sämtlichen Werken, Briefen,
Tagebüchern und vielen anderen.

 Jens Korbus, 1943 in Ost-
preußen geboren. Studierte
Germanistik und Philosophie
und unterrichtete, nach einem Zwischenspiel als Assis-
tent an der Düsseldorfer Uni,
an einem Koblenzer Gymna-
sium. 1988 erhielt er aus der
Hand des rheinland-pfälzi-
schen Kultusministers den
Fachinger Kulturpreis für
seinen Brief an Goethe. Er
veröffentlichte bis heute 17 Bücher, davon sieben über
Goethe, sein Umfeld und Motive aus seinem Werk.

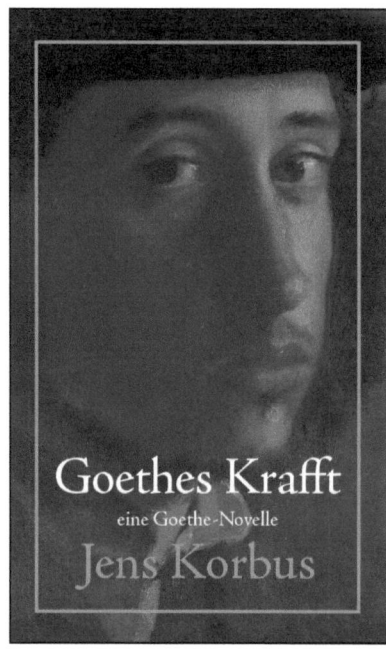

Jens Korbus
Goethes Krafft
Books on Demand
2017
ISBN: 978-
3744873673
100 Seiten
Preis 7,99 EUR

Der historische Johann Friedrich Krafft, dessen wahre Identität unbekannt ist, ist im Jahr 1785 gestorben. Goethe diente der Unbekannte als Zuträger in Ilmenau.

Jens Korbus verlegt seine Existenz in die unruhige Zeit kurz nach der Völkerschlacht bei Leipzig ins Jahr 1813. Krafft kämpft in der Nacht des 21. Oktober um sein Überleben. Eine Novelle um Macht, Rivalität und subtile Formen der Ausbeutung. Goethe einmal aus der Perspektive eines von ihm Abhängigen gesehen.

Wird Krafft seine beiden französischen Entführer abschütteln? Wird es ihm gelingen, sich von Goethe freizumachen?

Jens Korbus
Charlotte
Books on Demand
2015
ISBN: 978-
3738649390
48 Seiten
Preis 4,99 EUR

Goethe hat über seine Beziehung zu Charlotte von Stein zeit seines Lebens hartnäckig geschwiegen. In diesem fiktiven Gespräch mit Eckermann am 25.3.1825 spricht er zum ersten Mal darüber. – Dann kommt es zu einer Begegnung zwischen dem fünfundsiebzigjährigen Goethe und seiner dreiundachtzigjährigen Freundin.

Jens Korbus
**Goethes schöne
Mailänderin**
Books on Demand
2016
ISBN: 978-
3741241529
60 Seiten
Preis 5,99 EUR

Im Oktober 1787 lernte Goethe auf seiner Italienreise in Castel Gandolfo die schöne Mailänderin Maddalena Riggi kennen. Es entstand, bei Spiel und Englischlernen, eine „wechselseitige Gewogenheit". Maddalena war versprochen. Das Geschwätz machte Runde. Zwei Monate später löste der Bräutigam die Verlobung, und Maddalena wurde schwer krank. Im Februar 1788 begegnete Goethe ihr zufällig in der Kutsche Angelica Kauffmanns im römischen Karneval. Vor seiner Rückkehr nach Deutschland kam es noch einmal zu einer Begegnung. Eine Novelle um spontanes Aufflammen einer Liebesbeziehung, deren Zerstörung und einen Abschied zweier Menschen, die sich noch nahestanden.

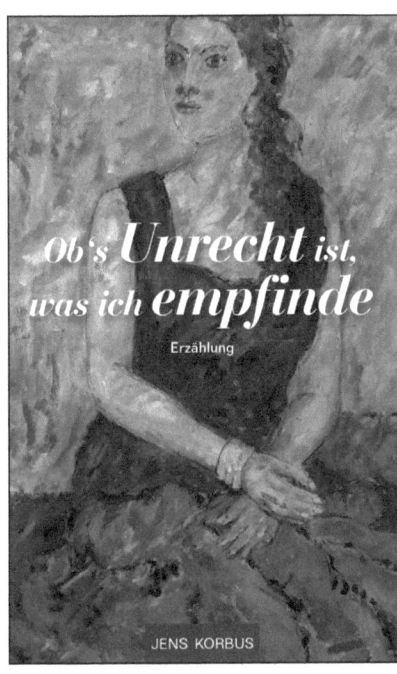

Jens Korbus
**Ob's Unrecht ist,
was ich empfinde**
Books on Demand
2015
ISBN: 978-
3743177857
60 Seiten
Preis 5,99 EUR

Charlotte von Stein war zehn Jahre lang die engste Freundin Goethes in Weimar. Bis die Beziehung nach seiner Italienreise zerbrach. Goethe sah sich mit ihr als „verheurathet" an. Sie war mit einem anderen verheiratet. Der Mönch Dietmar erzählt ihre Geschichte jenseits aller gängigen Klischees.

Jens Korbus
**Deutsche
Sommertage**
Books on Demand
2016
ISBN:
978-3741207204
80 Seiten
Preis 5,99 EUR

Kurz nach der Wende, im Sommer 1990, sitzen in einem
Vorort von Weimar ein paar Leute beim Frühstück, die
alle „das neue Land" kennenlernen wollen. Es sind der
Westdeutsche Sven mit seiner Freundin Johanna, die Zim-
merwirtin Frau Kriesche, Hellinger, ein alter Wehrmachts-
soldat und Hartmut, ein DDR-Bürger. Sie schwatzen
und erinnern sich. Sven läuft mit seiner Freundin durchs
Goethe-Haus und durch Weimar. Am Ende kitten die beiden sogar eine fast schon gescheiterte Ehe.

Jens Korbus
**Dein Herz hält
alles aus**
Books on Demand
2016
ISBN: 978-3837041163
120 Seiten
Preis 7,99 EUR

Der Erzähler, ein Studienrat und Schriftsteller, und seine Frau Lissy, eine Ärztin, leben in Düsseldorf. Im Theater begegnen sie einer Jugendliebe des Erzählers und deren Freund. Die beiden sind Linguistikprofessoren. Im Laufe der Erzählung entwickelt sich eine gegenseitige Anziehungskraft, die so stark wird, dass sich die beiden Paare überkreuz verbandeln. Der Erzähler erträgt am Ende die verhängnisvolle Konstellation. Zufall und Schicksal lassen sich nicht steuern.